한국해외봉사단 KOICA 한류체험 장편소설

# 아프리카 탄자니아에서
# 중앙아시아 우즈벡까지

아프리카 탄자니아에서
중앙아시아 우즈벡까지
김우영 교수 장편소설

개미

# 『아프리카 탄자니아에서 중앙아시아 우즈벡까지』를 출간하며

그리도 덥던 여름날 더위가 한풀 꺾이며 물러나고 아침저녁으로 대전 보문산 능선으로부터 싱그러운 바람이 시나브로 분다. 이제 조금있으면 중앙아시아 우즈베키스탄으로 떠나야 하는 '지구촌 나그네!'

외롭고 험난한 한국어 외길 인생 20여년. 지난 2019년~2020년까지 한국해외봉사단 코이카 파견 아프리카 탄자니아 외교대학 대외관계연구소 한국어학과에서 국위선양을 하였다.

그 후 코로나로 인하여 3~4년 정체되었다. 그러나 '지구촌 나그네'는 앉아 있을 수 없었다. 그래서 2022년 6월~7월 중앙아시아 우즈베키스탄 안디잔대학교 초청으로 안디잔을 방문하여 한국어 수요조사를 마치고 귀국하였다.

이와 관련하여 2023년 9월 우즈베키스탄 사마르칸트 외국어대학 한국어학에 한국어학과 교수로 진출한다. 주변에서는 말한다.

"낯선 문화, 언어의 장벽, 음식 등 환경이 열악할 터인데 왜 그리 고생을 사서 하느냐?"

"소는 누워 있어야 하고, 한국어는 지구촌 70억 인류가 그리워하는 말. 따라서 해외로 나가 한국어 곁에 누우려고 합니다!"

20여 년 전부터 시작한 한국어로 지구촌 나그네가 되어 국내·외로 떠돌고 있다. 군인이 전쟁터에서 죽는 일, 가수가 노래를 부르다가 무대에서 쓰러지는 일은 당연하며 영광이라고 한다. 따라서 한국어 교수가 해외에서 한국어를 가르치다가 풍토병에 걸려 쓰러지는 일도 마찬가지라고 본다.

생사(生死)에 관하여 미련을 버린 지 오래이다. 까짓 해외에서 한국어를 가르치다가 쓰러지면 어떠하리. 사람은 한 번 죽지, 두 번 죽지 않는 것 아닌가?

싱그러운 가을바람을 안고 한동안 살아야 할 미지의 땅. 머나먼 러시아 대륙 중앙아시아 우즈베키스탄으로 날아간다. 그곳에서 한국어 교수로서 맡은바 사명을 다하여 대한민국이 깃발을 높이 들고 국위선양의 기치를 올리리라.

여기에 소개하는 문장은 한국해외봉사단 KOICA 한류체험 장편소설이라는 이름으로 쓴 『아프리카 탄자니아에서 중앙아시아 우즈벡까지』이다. 주인공 김한글 교수의 눈을 통하여 웃고 울었던 이야기들이다. 한국해외봉사단 한류체험글이라서 일반적인 문학소설과는 조금 거리가 있을 수 있다. 독자 제현의 혜량 바랍니다.

2023년 9월 중앙아시아 우즈베키스탄으로 떠나며
지구촌 나그네 문학박사 나은 길벗

"대한민국의 한국어는 모든 언어가 꿈꾸는 최고의 알파벳이다!"

"한글은 금이요, 로마자는 은이요, 일본 가나는 동이요, 한자는 철이다!"

# 차례

## 제2장 중앙아시아 우즈베키스탄에 들다

# 제1장
# 아프리카 탄자니아를 찾아서

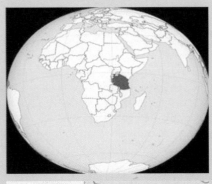

아프리카 탄자니아연합공화국 (스와힐리어. Tanzania) 동아프리카에 있다. 1961년에 독립한 탕가니카와 1963년에 독립한 잔지바르가 1964년에 통합한 나라이다. 수도는 도도마이지

만, 실질적인 수도의 기능은
탄자니아의 최대 도시인 다르
에스살람이며 면적은 945,087
㎢ 세계 30위, 인구 6,743만
8,106명 세계 22위이다.

# 먼 나라 장도의 송별 시

이국적인 냄새 물씬 풍기는
푸르런 인도양 망망대해 꿈 싣고
남쪽나라 지구촌 아프리카로 날아 간다


아프리카 중동부 고원지대 세계 3번째 넓은 6만 8천㎢
빅토리아 호수 수평선이 오라고 손짓하고
1만 5천ha 광활한 세렝케티(Serengeti) 국립공원


눈물과 회한으로 지원지지 않는 슬픔과 아픔 뒤로하며
아프리카 최고봉 흰눈 덮힌 마운트 킬리만자로(Kilimanjaro)
우후르파크 5,895m정상에서 한국 최고의 위대한 가수 조용필을
만나자


55개국 12억 명이 사는 아프리카 대륙
빅토리아 호수와 푸르런 세렝게티 국립공원 동물들 뛰놀고
휴화산 킬리만자로 표범이여 기다리어라!

여기 동북아대륙의 중심국가 대한민국 건아
김한길 교수가 나아가노라!

인생은 환희 소유가 아니라
잠재적 재능을 살려 70억 인류
지구촌에 참봉사하는 것이리라!

부자도 거지도 행복지수 동률
편안안 자신의 삶 뒤로 접고
다른 사람을 위하며 손발 걷어 부치고
보무 당당히 걸어가는 그대여
아름다운 참봉사의 길, 정녕 위대하리라!

2019. 8. 19

김한글 교수의 아프리카 대륙 장도
— 한진호 시인 시「꿈 싣고 12억 대륙 아프리카로」로 전문

 2019년 8월 19일 대전의 명산 보문산이 푸르런 잎새로 녹음창
장하던 무더운 여름날. 우리들의 21세기 지구촌 나그네 김한글
교수는 대한민국 중원땅 대전광역시 중구 문화동을 떠나 대전역
앞 중앙시장 '함경도식당'에서 몇몇 지인들과 나누는 석별의 눈

물이 반이 담긴 술잔을 나눈다.

"잘 다녀올 테니 건강하게 잘 있어요."

"그러세요. 교수님 한국어로 국위선양 잘하시고 돌아오세요."

뚜우우— 긴 기적소리를 울리며 대전역을 출발한 기차는 김한글 교수 지구촌 나그네를 태우고 중원평야 달리며 한양땅 서울로 향하고 있었다. 먼 나라로 길 떠나는 송별회에서 감사의 뜻으로 시 한 수를 지어 답례했다.


가련다 나는 가련다
저 멀리 세계지도에서 한 번도 본 적 없는
아프리카 동인도양 검은진주 탄자니아 대륙

사랑하는 아내와 가족들 뒤로하고
소중한 사람들 손 처연히 떨쳐놓고
여기 지구촌 나그네 길을 가련다

1443년 세종25년 만든 한글, 한국어
검은대륙에 대한민국 태극기 꽂고
널리널리 국위를 선양하리라

낯선 말과 낯선 문화가
더러는 회한의 눈물일지라도

위안의 술잔 삼아 마시리라

광야에 뜬 밤하늘 별빛
야자수 나무 사이로 부는 동인도양 밤바람
귀밑으로 흐르는 멀리 적도 남극의 숨결

가련다 나는 가련다
저 멀리 세계지도에서 본 적이 없는
아프리카 동인도양 검은진주 탄자니아 대륙

세렝게티 대평원에 살아 움직이는 반투족과 마사이족
빅토리아 호수, 킬로만자로 산이 있는 곳으로—
— 김한글 교수의 詩「지구촌 나그네의 길」全文

# 봉사의 머리띠를 두르고 아프리카 탄자니아로

　김한글 교수를 태운 기차는 대한민국 중부권 경기평야를 1시간 여 달려 가쁜 숨을 몰아쉬며 서울역 플렛폼에 멈춘다. 역내에서 공항철도로 옮겨타고 푸르런 인천 바다를 가로질러 인천국제공항 으로 갔다.

　2019년 8월 18일 오후 아시아 동북아 교통의 중심 국제인천공 항 제1터미널. 김 교수는 아프리카 탄자니아로 가기 위하여 대기 하였다. 대한민국 외무부 한국해외봉사단(KOICA) 소속의 한국어 교원으로 지난 6월 강원도 영월교육원에서 사전교육을 1개월 마 치었다.

　그리고 오늘 김한글 교수는 아프리카 탄자니아 다르에스살렘시 CFR(Cente for Foreign Relations/ Chuo cha Diplomasia) 외교대학 대 외관계연구소 한국어학과에 한국어를 강의하기 위해서 출발한다. 동인도양에 인접한 중부권 탄자니아를 가기 위해서는 아프리카 에디오피아를 경유하여 환승하여 가야 한다. 공항은 많은 사람들 로 부터 붐볐다. 오가는 인파 속에서 출국 수속을 마친 김 교수는 ET0673호 에디오피안행 비행기(Ethiopian Airlines)에 8월 19일 새벽 1시 05분 비행기에 탑승했다. 언제나 느끼는 일이지만 속으로 생각했다.

"승객을 가득 태운 이 육중한 비행기가 공중에 뜨는 것을 보면 신기하단 말이야?"

김 교수는 동아프리카 에디오피아 아디스아바바 국제공항을 경유하여 탄자니아에까지 가려면 20여 시간 즉, 반나절을 가야 하기 때문에 조용히 눈을 감았다.

이런저런 지난 일들에 대한 생각과 잠을 청하며 날아간 지루한 14시간이 되어 에디오피아 아디스아바바 국제공항에 지친 듯 비행기가 멈춘다. 대한민국 외무부 한국해외봉사단(KOICA) 소속의 봉사단원 5명 일행은 생전 처음 밟는 낯선 나라 아프리카 대륙 북동부에 있는 공항에 내렸다. 4시간여 기다려 다시 탄자니아행 비행기를 갈아타야 한다. 커피를 가져온 조한산 정보통신 단원이 권하며 말한다.

"김 교수님 알다시피 이 나라는 커피의 나라이지요!"

"맞아요. 또 있지요. 전설의 마라토너 '아베베 비킬라'가 있지요."

"아하, 그러네요. 아베베…?"

함께한 일행 중에 체육 쪽에 해박한 한국 국가대표 수영선수 출신의 '김천규 봉사단원'이 아베베에 대하여 자세하게 설명해준다.

"지난 1960년 로마 올림픽을 앞두고 에티오피아에서 국가대표를 선발하는데 당초 아베베 비킬라는 선발되지 않았어요? 팀 동료 중 한 명이 재미삼아 축구를 하다가 발목을 다치는 바람에 대신 출전하였지요. 로마 올림픽은 이전 올림픽과는 달리 특이하게도 야간에 마라톤을 했는데 아베베가 결승선인 콘스탄티누스 개선문을 통과하자 사람들이 경악을 금치 못했는데 그 이유는 아베베 비킬라가 맨발로 달려 들어오고 있었기 때문이지요. 아베베 비킬라는 이 대회에서 2시간 20분의 벽을 깨고 2시간 15분 16초 2로 세계신기록을 세웠어요. 아베베의 금메달은 아프리카 출신 흑인이 최초로 획득한 메달이기에 아베베 비킬라는 아프리카에서도 영웅으로서 추앙받았어요."

옆에서 커피를 마시던 조한산 정보통신단원이 말을 잇는다.

"경기가 끝나고서 세계 언론에서는 아베베 비킬라가 마라톤화를 살 형편이 안될 정도로 가난했기에 맨발로 달렸다고 호들갑을 떨었지만, 사실이 아니다. 당시 에티오피아 대표팀은 아디다스가 후원을 하였고 선수들에게 마라톤화 정도는 당연히 지급되었다. 그러나 문제는 아베베 비킬라가 대표팀에 뒤늦게 합류해서 발에 맞는 신발이 없었고, 결국 에티오피아 감독이 맨발로 훈련해본 경험이 있는 아베베 비킬라를 그냥 맨발로 달리게 한 것이었답니다. 로마의 대로는 대부분 아스팔트나 돌길이라 맨발로 달리기엔 약간 힘든 조건이었지만 당시 마라톤화의 무게는 약 400g으로 상당히 무거운 편이었고 오히려 맨발이 신발을 신었을 때보다 달리기 좋았다는 말도 있었다 합니다."

옆의 김정희 간호단원과 정영화 사회복지단원이 고개를 끄덕인다.

"오, 그랬군요!"

"그런 사정이 있었군요."

대화의 추임새를 넣어주자 다시 김천규 체육단원의 이야기는 계속된다.

"로마에서 열린 올림픽에서 우승한 아베베 비킬라는 무솔리니 파시스트 정권하에서 침공당한 적이 있는 에티오피아인들에게 열광적인 환호를 받았고, 대표팀 귀국 때 에티오피아 황제가 직접 마중을 나와 아베베 비킬라에게 왕관까지 씌워주는 등 국민 영웅으로서 등극하였답니다."

에디오피아 아디스아바바 국제공항 환승대기실에서 대화를 나누던 일행은 시간이 되어 ET805편 탄자니아행 비행기 탑승 게이트로 나갔다. 낯선 까아만 흑인 스튜디어스의 안내를 받으며 일행은 지정된 좌석에 앉았다. 잠시 후 탄자니아행 비행기가 이륙하였다. 여기서 다시 6시간을 더 가야 하기에 장시간 비행에 피곤한 몸으로 잠을 청했다. 동인도양 남극 적도땅 탄자니아로 날아가기를 얼마 후 알아듣지 못하는 아프리카 언어로 탄자니아 쥴리어스 니에레(Julius Nyerere)에 국제공항에 도착했음을 알린다. 일행은 비행기에서 내렸다. 같이 간 김정희, 정영화 일행이 근심어린 투로 말한다.

"아이고, 이 메마른 사막 땅에서 우리가 1년 살아야 하나요?"

"호호호—나는 근심반 기대반이어요!"

탄자니아 공항에는 한국해외봉사단 탄자니아 사무소 김지희 코디네이션(Coordination)과 한국인 운전사가 환영을 나와 있었다. 일행은 사무소 근처 게스트하우스에 여장을 풀고 쉬었다. 다음날 사무소로 가서 소장과 직원들과 인사를 나누고 인근에 있는 한국 대사관 조흥익 재외공관장에게 해외파견 입국 신고식을 마쳤다. 물설고 낯선 땅에 와서 문화와 언어의 이질감에 힘들었다. 탄자니아 사무소 근처 게스트하우스에서 며칠 머물며 사무소에서 현지 오리엔테이션을 가졌다. 현지 국가 안전교육과 코이카에서 현지에서 추진 중인 사업, 탄자니아의 문화와 역사가 담긴 바가모요 유적지 등을 관람했다.

그리고 현지국 국민이 되기 위한 몇 가지 조치들을 했다. 한국에서 가져간 핸드폰은 탄자니아 보다컴(VodaCom)칩으로 교환하고 사용할 데이타를 구입 충전하였다. 또한 현지국에 적응하기 위한 취업 비자와 워크퍼밋 크라스(Work Permit Class C)를 받아들었다. 그러자 일행 조한산 단원과 김천규 단원이 만면에 미소 띄우며 말한다.

"이제 우리도 탄자니아 사람이 다 되었다."

"야, 검둥이 너희들 우리를 동양인이라고 깔보지마. 알았지?"

"허허허—!"

"야호오—!"

# 탄자니아 모로고로 언어학교에서

김한글 교수는 한국해외봉사단 135기 탄자니아 일행과 같이 탄자니아 내륙지방 중부권에 있는 모로고로 언어학교(KKKT ELCT/ Lutheran Junior Seminary)에 입교를 했다.

2019년 8월 26일부터 10월 12일까지 2개월간 현지어 스와힐리어(Kiswahili)를 배우기 위해서이다. 이곳은 한국인을 비롯하여 일본인, 중국인, 포르투갈, 미국인, 독일인 등 다국적국가에서 언어교육에 입교하여 스와힐리어를 배운다. 일정기간 배운 후 각 지방으로 나가 자신의 업무와 관련하여 현지인을 위한 언어, 정보통신, 간호, 의료, 사회복지, 체육 등 다양한 분야의 NGO 활동을 하게 된다.

언어학교는 모든 시작과 끝을 우리의 옛날 소 종소리(워낭소리)로 알린다. 종소리에 의해서 매일 운영되는 모로고로 언어학교 일정표는 이렇다. 시 「60년 만에 듣는 희원(希願)의 종소리」라는 시에 담았다.


먼동 틀 무렵 재 너머 장작굴 뺑득 할아범

소 몰며 지게 지고 지날 때

위낭소리 따알랑— 따알랑—
힘찬 회원(希願)의 하루가 열린다.

쉴 참 지나는 빵득 할아범 지나는 위낭소리
하루 일 마치며 노을 지게에 지고
소 몰며 가는 소박한 회원의 소리.

국민학교 관사 앞 소사 아저씨 치는 종소리
하루 공부가 시작하고, 학교 파하면
책 보따리 덜렁 어께에 메고 집으로 왔다.

방죽 안 자욱한 안개 걷힐즈음
계룡골 교회 종소리에 맞추어 성경책 들고
논두렁길 나서는 안골댁 영희 할멈과
정자나무집 철수 할아범.

그렇게 유년시절은 회원(希願)의 종소리에
하루 힘차게 시작하고 빨랫줄에 걸친 노을 따라
학교와 교회 종소리에 까아만 어둠이 시나브로 덮혀갔다.

언제인지 까마득히 기억조차 잃었던 종소리
異域萬里 아프리카 탄자니아 언어학교 교정에서

신기하게 전설처럼 귀에 감긴다.

이른 새벽 6시 Wake up 종소리
아침 7시 Morning Prayer 종소리
오전 8시 Studies 종소리
오전 10시 Tea Break 종소리
오전 10시 30분 Studies 종소리
정오 12시 Lunch Break 종소리
오후 2시 30분 Studies 종소리
오후 4시 Tea Break 종소리
오후 6시 Dinner 종소리

이렇게 9번 종소리 들으며
동인도양에서 장엄한 해 떠 오르고
서대서양에 지는 노을을 보며
하루의 꼬리를 사린다.

따알랑— 따알랑—
가녀린 이 종소리는 유년의 꿈을 키워
작금의 힘찬 기상을 너르게 배양하였다.

異域萬里 아프리카 탄자니아 언어학교에서

스와힐리어(Kiswahili) 가르치는

이스타나(Mwalimu Wangu Istana)여자 교사의 종소리 들으며

아프리카 개발도상국의 힘찬 밑그림을 그려간다.


지구촌 70억 인류 우리 모두 친구들(World Friends Korea)

그 힘찬 기치를 내걸고 문화교류 매개자로서

오늘도 지구촌 개발도상국 경제사회 발전지원과

지식공유, 지역사회변화, 새로운 도전, 국제우호협력

자원봉사(Kujitolea)의 구두끈을 힘차게 매고 있다.


60여 년 전 유년시절 들었던 희원의 종소리

오늘도 적도의 뜨거운 태양을 안고

검은 진주 아프리카 대륙을 달리노라!

— 김한글 교수의 「60년 만에 듣는 希願의 종소리」


  아래는 김한글 교수가 학습한 언어학교의 일상적인 교육내용이
다.


Mazungumzo(대화)


1. Salamu(일반인사)

  Jambo / 별일 없지요? - Jambo / 별일 없어요

Hujambo / 안녕하세요? - Sijambo / 저는 별일 없어요

Hamjambo/ 안녕하세요?(복수) - Hatujambo/저희 잘 지내요(복수)

Hajambo/그는 별일 없지요?(3인칭)-Hajambo/그는 별일 없어요

Hawajambo/그들 별일없지요?(3인칭 복수)-Hawajambo/그들 별일없어요


2. Mgawanyo wa siku(하루의 분할)siku(그날)

Asubuhi(Morning)/05:00-11:59, Mchana(Aftenoon)/12:00-16:00

Jioni(Eveming)/16:00-18:59, Usiku(Night)/19:00-04:59


3. Salamu(같은 말 인사)

Salama / 안녕하세요? - Salama 안녕하세요

Mzima / 건강해요? - Mzima / 건강해요

Wazima / 건강들해요?(복수) - Wazima / 건강해요

Upo / 잘 있어? - Zipo / 잘 있어?

Kwa heri / 잘 있어

Asante sana / 고맙습니다 - Haya / 네(별, 말씀을)

Tuonane baadaye(see you later again)/ 다음에 만나요

Pole na kazi / 고생하세요

Habari 어떻게 지내요? - Nzuri / salama / 잘 지내요

Habari yako(gani) / 잘 지내요? - Nzuri / 좋습니다

Habari zako / 잘 지내요? - Nzuri / 좋습니다

Shikamoo / 윗사람 인사 - Marahaba / 아랫사람 인사

Yako /단수, Zako/ 복수

같은 한국인이나 현지 외국인을 만나면 하루에도 수십 번씩 주고받는 인사말이다.

"Habari za asubuhi /아침인사?"

"Nzuri(salama) /좋습니다."

"Habari za mchana /점심인사?"

"Nzuri(salama) /좋습니다."

"Habari za jionni /저녁인사?"

"Nzuri(salama) /좋습니다."

"Habari za usiku /밤 인사?"

"Lala salama / 잘 자요."

김한글 교수가 방문한 탄자니아 모로고로(Mogoro)시는 산자수명(山紫水明)한 물루구루(Mulruguru)산이 병풍처럼 생긴 지형이다. 나무는 별로 없으나 암석과 산세가 아름다웠다. 그러나 고온다습한 기후환경 때문에 언어학교는 모기가 많고 야생 벌레가 달려들

어 내모는 일이 일과이다. 매일 35도를 머무는 더위와 황토 흙먼지로 인하여 매일 빨래를 한다. 그래서 비누가 많이 필요했다.

그렇게 얼마 동안 현지어 스와힐리어(Kiswahili)를 배우던 주말. 오늘은 인근 마사이 우시장을 견학 가는 날이다. 기숙사 옆방에 있는 조한산 단원이 만면에 미소를 지으며 말한다.

"김 교수님 오늘 마사이 우시장 견학 간다네요!"

"거참, 좋은 소식이네요. 매일 알아듣지도 못하는 'Habari za asubuhi' 'Habari za mchana' 'Habari za jionni'로 머리가 아픈데 잘 되었네요."

이른 아침 기숙사 앞 뜨락 야자수 새 한 마리 날아왔다. 아프리가 탄자니아의 해맑은 새 아침을 알린다. 모로고로시 언어학교 교정에 늘어선 야자수와 4백여 년 된 바오밥(Baobab)나무 사이로 동인도양으로부터 솟아오른 장엄한 햇살이 눈부시다. 오늘은 2시간 정도 거리에 있는 마사이부족 전통시장 가는 날이다. 미리 준비된 달라달라 버스(Daladala Basi)에 동행한 한국, 독일 등 세계 각국의 탄자니아 스와힐리어 언어교육 수학자들이 동행한다.

언어학교에서 달라달라 버스(미니버스)를 한 대 기숙사 앞에 준비하고 조교 딕션(Dickson)과 에스터(Easter) 선생님들 둘이 안내한다.

"어서오세요. 오늘은 즐거운 마사이 우시장 견학 가는 날입니다."

"그간 교육받으시느라 고생했어요. 오늘은 야외 즐거운 날입니다. 카리브(Karibu/ 환영)!"

"아이고 고맙습니다."

"아산테(Asnte, 〈감사〉), Sawa, 〈좋아〉)"

푸르런 하늘 따라 아프리카 탄자니아 중부 내륙도시 모로고로 시 시외로 뻥- 뚫린 길을 달리는 버스에 앉았다. 일행 중에는 미국인, 포르투갈, 독일인 등이 동석했다. 달리는 달라달라 버스에서 끝간데 없이 이어진 지평선을 바라보았다.

"아! 멋지다!"

"오, 과연 아프리카 광야이네"

버스에 탄 사람들은 너나 할 것 없이 아! 하고 탄성을 자아낸다. 더러는 황량한 광야에 허름한 초막과 가옥이 보이고, 그 사이로 소를 모는 아프리카 목자(牧者)를 보니 이곳이 정녕 아프리카 대륙이로구나 싶었다. 스와힐리어 특유의 빠르고 거친 말을 내뱉으며 내처 달리는 흑인 운전사를 따라 일행은 마치 유년시절 소풍 가는 기분으로 들떠 있다. 달라달라 버스는 아프리카 탄자니아 중원광야를 달린다. 우측에 붉게 다져진 황톳길 따라 나무 사이로 비집고 들어가 그간 달린 거친 호흡을 내쉬며 허겁지겁 멈춘다.

잠시 후 저만치 뿌우연 마른 황토 흙먼지 날리며 마사아부족들과 소떼, 양떼 그리고 허술하게 걸쳐진 천막 초가 이엉 얽기설기 엮은 마사이부족의 허름한 장터가 부산하게 나타난다. 장터마당에는 우갈리(Ugali) 옥수수에 콩죽을 먹는 사람들 잡곡과 왈리(Wali) 쌀밥에 콩죽, 채소나물, 과일(바나나) 쌓아놓고 호객을 하는 쩡 마른 마사이족들의 강렬한 암갈색 몸매와 맑은 눈빛이 검은 얼굴 사이로 빛이 난다.

일행은 할 것 없이 다가가 예전 TV에서나 보았던 광경 앞에 핸드폰을 들고 촬영하는가 하면 막 잡은 소고기, 양고기 굽는 마사이부족들 앞으로 가까이 갔다. 2미터 정도 큰 키 쩡마른 체형, 고수머리, 암갈색 검게 그을린 피부 특유의 천을 어깨에 걸치고 긴 막대기와 허리에 가죽칼집 차고 보무도 당당한 마사이부족 모습에 압도된다.

아프리카에서 가장 용맹무쌍한 마사이족(Masai 族). 케냐와 탄자니아 경계 가시나무 많은 초원 거주 나일로트계(系) 흑인종이다. 소(牛)는 마사이족 독점물 부족들 신화(神話)에 따라 다른 종족의 소를 약탈해 오는 토테미즘(Totemism)신앙 씨족외혼(氏族外婚), 남자 중심의 마사이부족이다. 15세에 할례(割禮) 후 마사이 집단에 가입 보무도 당당한 전사(戰士)로서 신참 마사이족 사자 한 마리 잡아야 한다며 치를 떠는 용맹한 전사이다. 일행은 마사이족 우시장 장터를 돌며 구경했다. 소와 양떼, 염소 등을 몰며 초막(草幕)을 나와 머나먼 여정 먼동 틀 무렵 광야길 폴레폴레(Pole pole) 걸어와 가져온 동물을 팔고사는 마사이부족 모습에서 생명력을 보았다.

시골장터 특유의 국밥집을 지나 쩡 마른 마사이부족 할멈이 건네는 막 발효된 음베게(Ubege) 막걸리를 맛보았다. 밋밋하며 밀기울을 탄 듯한 장터술이었지만 그 속에서 마사이부족 주막 음식문

화를 몸소 체험했다. 장터순례를 마치고 기다리던 야외 오찬시간
이다. 모로고로시 언어학교 츄마(Chuma) 교장 선생님이 준비해온
야채식과 양고기와 딕슨(Dickon) 선생님이 즉석 숯불에 구워온 쇠
고기 한 점씩 맛보며 맛있는 야외 오찬을 즐겼다. 점심시간이 되
자 김 교수는 조한산 단원에게 말했다.

"오늘 기분도 좋은데 내가 아프리카 노래 한 자락 할까나?"

"그래요. 좋지요. 그럼 내가 사람들한테 광고를 할게요."

"여러분 오늘 같이 좋은 날 우리 김한글 교수가 아프리카 노래
를 한답니다. 환영의 박수를 보내주세요."

"우우우——"

"와—— 카리브"

김 교수는 풍요롭고 유익한 아프리카 야외 오찬에 어찌 노래가
빠지랴! 아직 다 익숙하지 못한 노래이지만 아프리카 말라이카
(Malaika)와 잠보(Jambo)를 불렀다.


## Malaika

### Miriam Makeba

Malaika Malaika, nakupenda Malaika
Malaika, nakupenda Malaika

Ningekuoa mali we, ningekuoa dada
Nashindwa na mali sina we, Ningekuoa Malaika
Nashindwa na mali sina we, Ningekuoa Malaika

Pesa zasumbua roho yangu
Pesa zasumbua roho yangu
Nami nifanyeje, kijana mwenzio
Nashindwa na mali sina we, Ningekuoa Malaika
Nashindwa na mali sina we, Ningekuoa Malaika

Kidege, hukuwaza kidege
Kidege, hukuwaza kidege
Ningekuoa mali we, ningekuoa dada
Nashindwa na mali sina we, Ningekuoa Malaika
Nashindwa na mali sina we, Ningekuoa Malaika

Malaika, nakupenda Malaika
Malaika, nakupenda Malaika
Ningekuoa mali we, ngekuoa dada
Nashindwa na mali sina we, Ningekuoa Malaika
Nashindwa na mali sina we, Ningekuoa Malaika

## Jambo

Jambo bwana
Habari gani, Nzuri sana
Wageni, wakaribishwa
Killimanzaro yetu Hakuna matata

Killimanzaro nchi nzuri
Nchi ya maajabu
Nchi ya kupendeza

Jambo bwana
Habari gani, Nzuri sana
Wageni, wakaribishwa
Killimanzaro yetu Hakuna matata

오후 무렵 마사이부족 우시장과 전통시장 문화탐방을 마쳤다. 생애 언제 다시 온다는 기약없이 마사이부족들을 향하여 손짓하며 모로고시 언어학교를 향하여 달라달라 버스는 오후의 해를 머리에 이고 대서양으로 힘차게 넘기며 달렸다. 버스 안에서 조용히 눈을 감고 여러가지 상념에 빠졌다. 만약 마사이부족 후손으로 태어났다면 지금쯤 무엇을 할까? 지금 저들 마사이부족 전사로서 목자(牧者)되어 끝없이 펼쳐진 광야를 거닐고 있을까? 모로고시 언어학교에서 스와힐리어(Kwaheri)를 공부하고 있을까?

뉘라서 귀한 후손으로 태어나 부귀공명을 누리며 살고 싶지 않으리? 뉘라서 우갈리조차 먹지못해 배고픔에 시달리는 아프리카인을 벗어나고 싶지 않을까? 이 드넓은 광야와 해맑은 구름과 하늘은 분명 누구에게나 똑같이 축복받은 지구촌 우주의 인류자원 또한 인류의 생명 또한 소중한 자원이리라!

대한민국 코이카(KOICA)는 '지구촌 70억 인류 우리 모두 친구들(World Friends Korea)' 기치 내걸고 지난 1991년 4월 1일 출범하여 개발도상국의 경제사회발전지원과 국제우호협력을 하고 있다. 코이카는 총 47개국, 48개소 각국별 프로젝트 전문가 파견, 글로벌 연수사업으로서 개도국의 제도, 기술, 역량강화 세계의 해외봉사단(World Friend Korea)은 2009년 5월 7일 깃발을 세우고 전 세계 이웃을 돕고 우리나라의 브랜드 가치를 높이기 위하여 개발도상국의 지식공유, 지역사회변화, 새로운 도전 문화교류 매개자를 자처하며 오늘도 지구촌을 누비고 있다.

코이카 135기 봉사단원은 지난 2019년 6월 큰 물결을 타고 지구촌 중남미와 아프리카 등에 135기 72명의 단원 배출 다양한 분야의 다부진 전사를 지난 8월 파견하였다. 그중에 아프리카 반투족 중심국가 동인도양의 흑진주 탄자니아에 한국어교원 등 탁월한 전사를 탄자니아 경제수도 다스에스살렘을 비롯하여 각 지역에 파견 이 지역 개발도상국 위상과 변화를 촉구하기에 이른 것이다. 그 변화와 발전의 흐름 위에 오늘도 우리는 거친 숨 내쉬며 대륙을 달리고 있다.

I love, World Friend Korea Koica! Africa Tanzania Karibu!

마사이 우시장을 다녀와서 다시 모로고로시 언어학교에서 평상시처럼 현지어 스와힐리어를 배우기 시작하였다. 일요일이다. 조한산 단원이 제의한다.

"시내 도서관에 박혜인 사서(司書)단원이 있는데 우리를 점심식사에 초대하네요. 같이 갈까요?"

"좋아요. 함께 가요."

탄자니아 모로고시 언어학교 교정 야자수와 바오밥나무(Baobab Tree)가지 사이로 들어오는 영롱한 일요일 햇살이 비춘다. 일요일 오전 1만 실링(한화 5,000원)에 바지지(Bajaji) 2대를 불렀다. 작은 백에 숟가락 5개 고옵게 포장하여 따사로운 햇살 받으며 모로고로 시내로 향했다.

이역만리 타국에서의 외로운 동포요, 같은 봉사단원으로서 고마운 마음에 교육생 5명은 간단한 선물을 준비하여 방문하기로 했다. 모로고로 시내는 언제나 많은 사람들로 붐빈다. 35도를 웃도는 더위에 길가에 누워 손을 뻗치는 걸인, 상인, 피키피키(Pikpiki/오토바이)의 클랙슨 소리, 달라달라 버스와 택시의 뒤얽힘과 거리에 가득찬 흑인들의 물결 속은 그야말로 정신이 없다. 특히 리어카나 작은 상가에서 틀어놓은 시끄러운 음악소리는 혼을 뺄 지경이다.

지난 2월부터 모로고로시 도서관 현대화와 합리적 운영시스템 지원을 위해서 근무 중인 박혜인 사서(司書)단원의 오찬에 초대받아 가는 즐거운 나들이 길은 행복했다. 자동차와 흑인 인파물결로 빼곡한 시내를 벗어나 물루구루(Mulruguru)산 언덕길에 간단한 선물을 준비하고 오로고로 산밑 캐나디안 로드(Kanadian Road) 포레스트 마을 박혜인 사서단원 집을 찾았다. 푸른 잔디와 아프리카 야생화, 야자수 나무용과(龍果)가 열리는 생떡잎 현화식물 선인장으로 애워쌓인 집은 그야말로 아프리카 어느 부호가 사는 저택을 방불케 했다.

이를 보고 풍수지리학자는 배산임수(背山林水)라고 했던가! 과연 우루고로 명산(名山)에 명가(名家) 명인(名人)이었다. 방안에 들어가 이곳저곳을 구경했다.

공부하는 서재, 부엌, 침실, 거실 등 가지런히 정리된 아늑한 집안이었다. 한국식으로 잘 차려진 고루한 식단을 보고 감탄을 했다.

"아, 한국을 떠나와 얼마만에 맛보는 된장국과 김치인가? 아, 과연 고국의 오찬상이요, 인정이로다! 고마워요."

김정희 단원과 정영화 단원도 감탄을 한다.

"맛난 식감(食感)의 계란말이, 매콤한 오징어볶음, 감자조림 등 풍성한 오찬상이다. 옛 선인이 말하길 이를 보고 '왕후찬상(王侯餐

畓) 부럽지 않은 밥상'이라고 했던가요!"

"아, 오찬 후 아보카드, 크림치즈, 꿀 등 미각으로 간식과 함께 커피를 지구상 최고의 오찬을 했네요. 박혜인 단원님 고마워요."

박혜인 사서 봉사단원의 따뜻한 인정의 아름다움에 감사하며 캐나디안 골목길까지 배웅 선배 단원님을 뒤로하고 나오는 발걸음이 무겁다. 쩽마른 몸으로 박 단원이 말한다.

"아프리카 탄자니아 풍토병인 말라리아와 댕기열에 걸려 힘들어 다음달에 조기 귀국합니다. 먼저 가게 되어 아쉽네요?"

"아, 그래요? 몸이 아파 그런 것을 어찌하겠어요. 몸조리 잘하시어 귀국하세요. 오늘 근사한 식사 고맙습니다."

"뭐, 뭘요? 약소합니다."

일행은 2km 정도 거리를 걸으며 고국의 어느 한적한 동네길을 따라 폴레폴레(Pole pole/ 천천히) 걸었다. 일행은 모로고로 시내 로터리를 지나 핸드폰 페샤(Pesa)에 들러 데이터를 충전하려고 했으나 휴일이라서 인터넷 운영이 원활하지 못해 다음날로 미루고 시내 나들이에 나섰다.

시내는 온통 아프리카 흑인들 발걸음과 바자지, 우버(Uber)와 일반택시, 오토바이(Pikipiki), 자전거(Baisikeli), 달라달라(Daladala)와 일반버스(Basi) 등 물결로 뒤덮혀 부산하다. 길거리의 걸인, 포커 게임하는 사람들, 빙둘러 앉아 차를 마시는 노인들, 집에 허기에 쭈구리고 앉아있을 아이의 먹거리를 위해서 망고를 팔기 위해서 광주리를 머리에 이고 나선 구리빛 얼굴의 마마(Mama), 손주 과자라도 사줄 모양으로 금방 딴 야자수 열매뭉치를 허름한 자전거에 매단 채 길을 허청허청 걸어가는 이 빠진 검은 얼굴의 할아버지 등 많은 아프리카 군상들이 모자이크로 뒤섞여 한 시대 역사의 굴레 위를 돌아가고 있다.

복잡한 시내를 걷다가 인연의 반전이 일어났다. 언어학교 조세피나(Mama Josephine) 교감 선생님을 만난 것이다. 반가움에 서로 파안대소(破顏大笑)하며 인사를 했다.

"Habari za mchana /점심 인사?"
"Nzuri(salama) /좋습니다."

사람의 인연이란 이처럼 밤하늘 우주 은하계의 별만큼이나 소중한 것이리라! 일행은 지난번 갔던 찻집에 들러 차와 간단한 군것질로 입안의 풍요를 즐겼다. 근처 마켓(Knana)에 들러 생활용품을 구입하고 지나는 바자지를 두 대 세워 흥정을 했다.

"얼마예요?(Shilingi ngapi kwa sihu?)"
"너무 비싸요?(Ghali sana?)"
"싸게 해주세요(Punguza bei)"

다국적 경륜 노하우(Know how)안다박사 김천규 단원과 노련한 조한산 단원이 일방타진 흥정을 마친 일행은 언어학교로 귀환했다. 귀환 중에 바자지로 언어학교 근처에 다다랐을 때 돌발사태가 발생했다. 도로공사로 말미암아 바자지 진행이 어려워 중도 하차했다. 조한산 단원이 특유의 너스레를 떤다.

"대저 선인이 가로되, 현실을 이루지 못할 바엔 즐겨라!"

일행은 한적한 길을 따라 앞서거니 뒤서거니 걸으며 탄자니아 산수풍광(山水風光)의 아름다운 주변 풍경을 감상했다. 시원하게 펼쳐진 넓은 광야와 멀리 아스라이 구름 사이로 솟아난 산병풍이 멋지게 풍광의 조화를 이루고 있었다. 길을 걸으며 김정희, 정영화 단원은 귀갓길 대화가 압권(壓卷)이다.

"세상이나, 네상이나 우리한테 이런 눈요기 호사가 다 있네요? 호호호."

"135동기 여러분 우리의 통쾌상쾌 요로콤한 즐거움을 모르지비 히히히?"

일행은 휴일을 맞아 이역만리(異域萬里) 타국에서의 근사한 오찬 초대 언어학교 기숙사 구내식당에서 귀환길에 준비한 시원한 맥주로 탄자니아 대륙이 떠나가도록 외쳤다.

"Ndizi! Ndizi! Ndizi!(부라보)"
"Nakupenda, Tanzania Karibu!(사랑해요 탄자이나 환영)"

다시 시작하는 한 주이다. 평상시와 함께 스와힐리어 언어교육에 열심히 임했다. 주말 저녁이 되자, 김천규 단원과 정영화 단원이 말한다.

　"오늘밤 9시 야식으로 한국에서 가져와 아낀 라면파티를 해요!"

　"오케이 좋아요."

　"야호— 야호— 코·탄 누들(K·T Noodles) 코리안 라면 Karibu!"

　탄자니아 계절로 늦겨울에서 초봄으로 이어지는 2019년 9월 28일 주말 아프리카 탄자니아 모로고로 언어학교 저녁 식탁이다. 이역만리(異域萬里) 한국에서 젓가락 늘이듯 늘여 'Puraha Kim' 이 베푼 매운 신라면 잔치이다. 일명, 코·탄 누들(K·T Noodles) 면의 기기묘묘(奇奇妙妙)한 입 안에 차—악 감기는 그 맛은 역시, 라면은 대한민국 우리 것이 최고이다.

　대한민국 인천공항에서 늘이기 시작한 코·탄 누들(K·T Noodles)면은 아시아 대륙과 인도차이나 하늘을 날아 인도양과 대서양 건너 에티오피아 아바바공항 하늘 선회하더니 탄자니아 쥴리어스 니에레(Julius Nyerere) 국제공항에 자리를 잡는가 싶더니 다르에스살렘- 므완자- 빅토리아—음베야(Dar es Salaam-Mwanza Victoria-Mbeya)로 동서횡단하며 쉬어 가는 도시 모로고로(Morogoro)에 4시간여 늘이는 코·탄 누들면 행렬이다.

　쫄깃쫄깃, 아사악— 식감(食感)과 함께 입 안에 퍼지는 그 맛은 매콤달콤 시원한 국물에 땀 뻘뻘 흘리며 후루룩—후루룩— 아! 라면은 대한민국과 탄자니아 합작품 코·탄 누들면이 최고이다. 늦겨울과 초봄으로 이어지는 주말 코리아 아프리카 탄자니아 모로고로(Korea-Africa-Tanzania-Morogoro)언어학교 저녁식탁은 행복한 포만감과 여유만만 태평천하(太平天下) 코·탄 누들(K·T Noodles)면에 대한 환희(歡喜) 그 자체였다.

다음날 일요일 아침 구내식당에서 식사 중 모로고로시 소식통인 조한산 단원이 말한다. 조 단원은 언어학교 교육 후 모로고로 베타직업학교에 정보통신단원으로 부임 예정으로 특유의 친화력으로 미리 교민과 교인들을 잘 사귀어 놓았다.

"오늘 시내 라병우 목사님 오찬 초대입니다. 희망자 나를 따르시오!"

"와— 역시 조 단원님 파이팅!"

"우리 모두 갈겁니다."

"목사님 댁에 가면 한국음식을 먹을 수 있을 터인데요? 갑시다."

"네, 좋아요. 일동 출발."

조한산 단원이 강조하며 말한다.

"특히, 오늘은 우리 언어학교에서 교육을 함께 받고 있는 동갑네 김종진 선교사님이 같이 식사한답니다."

김한글 교수가 맞장구를 친다.

"거 참 반가운 일이네요. 동갑네 선교사님이 같이 식사한다니 좋으네요."

고국 대한민국을 떠나 이역만리(異域萬里) 아프리카 탄자니아 대륙의 모로고로에서 만난 결고운 라병우 목사님 내외분의 오찬 초청길에 나섰다. 멀리 이곳에 그리스도 복음을 전하며 평화롭고 행복한 지구촌 세상 펼치시는 그대 고운 라손바, 라맘마 은혜롭고, 거룩하고 고맙습니다.

  손수 담은 모정(母情) 내음 물씬 넘치는 김치와 맛난 정성의 알곡쌀밥 진수성찬이 이 땅에 한민족 정을 펼친다. 우리는 백두에서 한라까지 이어지는 다정한 동그라미 모습도 그리그리 맘도 그리그리 고와 그립고 보고픈 한민족 한가족임을 새삼 느꼈다. 오찬을 마치고 중간에서 우리를 초대한 진광원 모로고로 공업고등학교 화학단원이 인사를 했다.

"라병우 목사님 부부 오찬 초대에 즈음하여 온정의 손길과 온맘을 축복 바구니에 담기어 고운 라손바 라맘마 탄자니아 대륙과 동인도양에 길이 빛나리라! 우리는 Tanzania Morogoro의 고운 라손바 라맘마를 위한 찬가(讚歌)를 부르리라! NakuPenda We World Friends Korea Koica! Africa Tanzania Morogoro Karibu!"

  김 교수는 라병우 목사님 부부의 식사초대를 받고 시를 한 수 써서 선물했다.

  Tanzania Morogoro의 고운 라손바 라맘마를 위한 讚歌

  고국 대한민국을 떠나

異域萬里 아프리카 탄자니아 대륙
모로고로에서 만난 결고운 라병우 목사님 내외분.

멀리 이곳에 그리스도 복음 전하여
평화롭고 행복한 지구촌 세상 펼치시는
그대 고운 라손바, 라맘마 은혜롭고, 거룩하여라!

손수 담은 모정(母情) 내음 물씬 넘치는 김치
맛난 정성의 알곡쌀밥 진수성찬
이 땅에 한민족 情 펼치네.

우리는 백두에서 한라까지 이어지는
다정한 동그라미 모습도 그리그리
맘도 그리그리 고와 그립고 보고픈
한민족 한가족이라네!

대한민국 KOICA는 지구촌 70억 인류
We World Friends KOREA를 위하여
지구촌 개발도상국 경제발전지원,
국제우호협력과 전 세계 47개국에 퍼진
2만 5천여 명의 코이카 봉사단원들

각종 기술역량의 프로젝트와 저마다 가진

독특한 달란트로 지구촌 개발도상국

밝은 미래 밑그림 그리며 자원봉사 펼치고 있다네.


라병우 목사님 부부 오찬 초대에 즈음하여

온정의 손길과 온 맘을 축복 바구니에 담기어 고

운 라손바 라맘마 탄자니아

대륙과 동인도양에 길이 빛나리라!


Naku Penda We World Friends Korea Koica!

Africa Tanzania Morogoro Karibu!

— 라병우 목사님 내외분 Asante sana

2019년 10월 5일 대한민국 코이카 김한글 교수


만찬 후 탄자니아 모로고로시 라병우 목사님은 현지 사정을 이렇게 말한다.

"이곳은 치안이 부재하여 각종 사건 사고들이 많이 일어나요."

김 교수 일행은 귀를 쫑긋하고 가까이 다가가 물었다.

"아, 그래요? 어떤 일이⋯⋯?"

탁자 앞에 놓인 녹차를 마시며 라 목사님의 이야기는 이어진다.

"얼마 전에 우리 교회 교인은 시장에서 물건을 사고 바자지(삼륜 오토바이)를 타고 안에서 핸드폰을 보고 있는데 어느 흑인 청년이 손을 쑤욱 디밀어 핸드폰을 빼앗아 가지고 삐기삐기(오토바이)로 달아났어요."

"아, 그런 일이……?"

"이때는 빨리 핸드폰을 주어야 해요. 안 주려고 발버둥치면 생명이 위험해요. 이 나라는 총기와 칼 등 흉기 소지를 한 사람들이 많아요."

"참으로 무섭네요."

"또 여기 모로고로 시내에 금은방을 하는 한인이 있었는데 나이가 들어 금고 비번을 잃어버려 전문 열쇠공을 불러 열었대요. 그런데 그날 밤 바로 복면강도가 들어 금은을 다 빼앗아 갔대요."

김 교수 일행은 얼굴색이 변하며 반색을 한다.

"낮에 부른 그 열쇠공이 사고를 냈군요."

"또, 그뿐이 아니어요? 저 멀리 므완자에 사는 어느 선교사는 사막 큰 저택에 사는 곳이 불안하여 현지 경비원을 고용했는데 집안 사정을 잘 아는 경비원 친구들이 밤에 강도로 나타나 도둑질을 했다지 뭐예요?"

김 교수 일행은 알았다는 듯이 고개를 끄덕였다.

"참 무서운 나라이군요. 조심해야 겠어요."

"특히 조심해야 할 것이 핸드폰, 노트북, 테블릿이어요? 이들은 제일 쉽게 노리는 것이 한국산 전자제품이어요. 이걸 훔쳐 저 넓은 사막으로 도망가면 6개월 먹고 산대요."

"그럼 경찰에 신고하지요."

"신고하면 뭘해요. 같은 한통속인 것을."

"으음―"

"범인들을 잡을 수 없는 것이 여기는 국민의 주민등록 전산화가 않있어요? 그래서 범인 추적과 신고가 안되어요. 또한 집이라고 는 하지만 오두막집이라서 주소가 없어 우편물 배달이 안되어요. 정부기관이나 학교 등 각급 기관만 선별적으로 우편물이 배달될 뿐이어요."

라병우 목사님의 현지 사정 이야기를 듣고 김 교수 일행은 모로 고로 언어학교로 돌아왔다. 돌아오는 발걸음이 천 근, 만 근처럼 무거웠다. 서로 자조적인 위로와 격려를 하였다.

"이역만리 먼나라로 왔는데 조심 조심해야 겠어요."

"아무렴 임기 잘 마치고 살아서 돌아가야지요."

모로고로 언어학교의 아침 저녁은 다소 시원한 바람이 불지만 한낮에는 35도 내외의 더위에 늘 일행은 힘들어 했다. 그래도 한 낮에는 야자수와 바오밥나무(Baobab Tree) 아래서 책상과 걸상을 갖다놓고 공부를 하는 흑인 학생들과 언어교육을 실습하는 대화 를 나눌 수 있어 좋았다.

이곳 중학교(KKKT ELCT/ Lutheran Junior Seminary) 2학년에 다 니는 Rescue(리스큐＝이상규라고 이름을 붙임)라는 흑인 학생과 자주 스와힐리어와 영어로 더듬더듬 대화를 했다. 탄자니아는 중학교

부터 외국어를 영어로 선택하여 공부를 한다. 그래서 학생들 영어 수준은 한국인이 못따라 갈 정도의 수준급이다. 이상규 학생은 어디서 구했는지 몰라도 조선일보 신문을 가지고 있었다. 그리고 이 기사를 노트에다 연필로 빼곡하게 한글로 삐뚤삐뚤하게 옮겨 적어 놓았다.

먼 나라 탄자니아에 한국어를 보급하기 위하여 파견된 한국어 교수로서 여간 반가운 게 아니었다. 이상규 학생은 정규수업이 끝나면 학교 교실 옆 바오밥나무 그늘에서 책상과 의자를 갖다놓고 공부를 열심히 하고 있었다. 그래서 스와힐리어 수업 가는 길에 이상규 학생이 없으면 해당 교실로 찾아가 이야기를 나누었다.

모로고로 언어학교 수업이 3주차에 들어서자. 교육 후 파견될 기관에 가서 1주일 동안 OJT(현장학습/ On the Jop Training)가 있다. 기관에 파견 전에 미리 가서 코워커와 만나 기관 사정을 살피고 기관직원 집에서 1주일 동안 침식하며 생활하는 과정이다. 좋은 제도라고 생각하고 참여를 했다.

2019년 9월 10일 한국해외봉사단 탄자니아사무소 김지희 코디네이션(Coordination)의 안내에 따라 다르에스살렘 CFR(Cente for Foreign Relations/ Chuo cha Diplomasia) 외교대학 대외관계연구소 한국어학과를 방문했다.

다르에스살렘 외교대학 대외관계연구소에 도착 미리 부임하여 한국어를 지도하고 있던 이예원 선임 단원의 안내에 따라 학교의 포네라 기관장(Director Dr Ponera)과 코워커 아니타(Cowork Annita)

를 비롯하여 교직원들과 인사를 나누었다.

그리고 숙소는 학교에서 10분 거리에 있는 샐베이숀 아미 (Salvation Army)를 선택하여 주거 계약을 했다. 단원 거주비 체재 기간 9개월 분을 일시에 지급하니까 살면서 숙소 내 시설개선이 안되고 있었다. 예를 들면, 방안 전구 하나 교체하는데 한 달씩 걸려 여간 생활이 불편한 게 아니다. 따라서 3개월 단위로 계약하여 그때그때 발생하는 숙소 내 시설개선을 요구하도록 하였다.

김 교수는 1주일 동안 숙소와 학교를 오가며 학사운영의 모든 것을 파악했다. CFR은 다르에스살렘 외곽 1시간 거리에 있는 외교대학으로서 외교관을 꿈꾸는 학생들이 지원하여 한국어를 비롯하여 중국어, 프랑스어, 아랍어, 포르투갈어 등을 가르치는 외교대학이다. 또한 동아프리카 연구소이기도 하다. 외교 관련과 국제관계를 배우는 학교이기 때문에 이 학교를 졸업한 후에 외교 관련이나 국제 관련 기관으로 취업을 하게 된다. 외교관이 되려면 이곳에서 학위를 취득하거나 이 학교의 학사학위가 없으면 이 학교의 전문 대학원을 졸업해야만 한다.

1주일 동안 학사과정을 살펴본 결과 학기 초에 배정된 강의실 문이 닫혀있고, 열쇠 가진 교원은 자리를 비우기 일쑤여서 강의실 확보가 어려웠다. 그래서 학교 운동장 벤치에 앉아 간이강의와 더러는 학생들을 강의실이 없어 돌려보내기도 했다. 빈 강의실을 찾아 떠돌이 강의를 하는 편이었다. 고정된 강의실 배정을 받아야겠다고 생각했다. 그리고 연구실 1개를 한국어단원 둘이서 활용하는데 비좁고, 인터넷 연결선도 하나여서 강의준비에 어려움이 있었다.

한국해외봉사단원이 부임할 기관을 미리가서 1주일 동안 현장체험(On the job Training)은 적정하며 잘 기획된 제도였다. 따라서 현장체험하며 배치될 학교의 현황과 참관수업, 숙식(Homestay)할 기관의 코워커(Co Worker)와 만남은 유익했다. 낯선 언어와 문화, 숙식 등 그 어떤 돌발상황이 전개될지……?

'미래는 다른 이의 것이 아닌, 자신에 의지대로 가는 것이 아닌가……? 까짓, 무엇이 두려우랴? 가족 뒤로하고 이역만리 날아와 자원봉사를 하겠다며 이마에는 구슬 같은 땀방울 닦을 수건을, 아프리카의 어둠을 걷어내겠다며 남다른 신념의 구두끈을 조여매고 있노라!'

그리고 큰소리로 함차게 각오를 했다.

"자연의 섭리에 따라 천천히(Pole pole) 걸어서 저 야자수 잎새 위로 동인도양에서 뜬 햇살보며 가자꾸나. 아암, 가야지— 바오밥(Bobab)나무야 길을 비켜라 내가 나아간다!"

문득 스와힐리어 속담이 생각이 난다.


"Haraka haraka haina baraka, polepole ni mwendo!(서두르는 것에는 축복이 없고, 천천히 하는 것이야말로 축복이고 자연의 속도이다)"


김 교수는 다르에스살렘 외교대학에서 1주일 현장체험을 마치고 다시 모로고로 언어학교로 다시 귀임했다. 매일 습관처럼 부시시 일어나 새벽 산책길에 나섰다. 아직 어둠이 채 가시지 않은 하늘의 초롱초롱한 별님들 반갑게 인사를 한다.

"Habari za asubhi?"
"Nzuri!"

아프리카 탄자니아는 환경오염이 안되어 새벽녘 하늘가에 은하수와 별님들이 밝은 모습으로 예쁘게 인사한다. 저 수많은 별님들 저마다 소중한 인인으로 은하계에서 만나고 이 땅의 우리도 수억겁 년의 소중한 인인이 있어 함께 하겠지 하고 생각을 했다. 저만치 기숙사 위 모로고로(Mogoro)의 산자수명(山紫水明)한 물루구루(Mulruguru)산에 여명이 하이얀 산안개 빨랫줄처럼 드러내고 있었다. 기숙사 입구 저만치 언어학교에 수학 중인 외국인 보호를 위하여 경비원들 총 들고 밤새 근무를 하고 있다.

"Umeamkaje?"
"Nzuri!"
"Pole ya kazi!"
"Asante sana!"

탄자니아 모로고로시(KKKT ELCT Luthor seminary) 언어학교는

한국을 비롯하여 독일, 미국, 노르웨이, 포르투갈, 스위스, 핀란드, 중국 등 다양한 국적의 지구촌 사람들 개발도상국 아프리카 경제사회발전지원 지식공유, 지역사회변화, 새로운 도전과 문화교류 매개, 국제우호협력을 위하여 아프리카 대표적 공용어 스와힐리어(Kwaheri)를 배우려고 몰려들고 있다. 21세기 지구촌 글로벌시대 전 세계 해외봉사단(World Friend) 자원봉사, NGO, 재능기부로 아프리카를 문명사회로 끌어올리고자 노력하고 있다.

9월 28일 주말. 오늘은 모로고로 언어학교 과정 중에 사회봉사활동 가는 날이다. 모로고로시에서 조금 외곽에 있는 사회복지시설(Society of nehoyo mental mehoyo handped yooth p o box654)이다. 80여 명을 수용하는 곳으로서 시설이 열악하였다.

이른 아침 장애우들이 작은 운동장에서 열심히 소리치며 운동을 하고 있었다. 검은 피부의 얼굴에 비 오듯 땀을 흘리며 목발에 의지한 채 뛰는 사람들, 바닥에 뒹굴며 좌로 우로 움직이며 운동하는 사람들, 저마다 신체적 장애를 갖고 있으나 혼신을 다하여 뛰는 이들은 장애우(障碍友, Disabled Friend)가 아니라 의지의 지구촌 친구들(Rafiki)이었다.

또한 이들 중에는 알비노, 알백색증(Albinism)이 있었다. 동물성 전반에 나타나는 유전성 질환으로 몸에서 색소가 합성되지 않아 신체 전반이 백화된 것을 말한다. 맥라닌 색소는 아미노산의 하나인 타이로신(tyrosine)으로부터 합성되는데, 멜라닌 색소합성에 관여하는 티로시나아제(tyrosinase)가 결핍되어 멜라닌 색소를 만들지 못하는 질환을 백색증(albinism)이라 한다. 백색증에 걸린 사람은 따라서 피부 · 모발 · 눈 등에 색소가 생기지 않게 돼, 피부는 유백색, 홍채는 담홍색, 모발은 흰색으로 변한다. 특성 효소가 합성되지 않아서 생기는 병이므로 두 개의 대립유전자 모두 효소를 합성할 수 없는 경우에만 발병한다. 즉, 단순열성유전자가 동형(homogygote)으로 유전되었을 경우만 발병하며, 흰토끼나 흰쥐 · 백사 등의 몸 색깔이 전반적으로 하얀 대부분의 동물들은 모두 알비노다.

일반 장애우와 알비노를 보면서 마음이 울컥하였다. 그리고 답답한 마음을 주체할 수 없었다. 따라서 우리가 할 수 있는 것은 짧은 스와힐리어와 영어로 손을 번쩍 들며 용기를 주는 말이었다.

"Rafiki Mzima!(친구들 건강해요)"
"Sawa, Nzuri!(좋아요)"
"Usikate tamaa?(포기하지 마세요)"
"Fighting!"
"Sun power!"
"Excellent!"

한국에서 온 한국어 교수임을 밝히자, 한국어를 배우고 싶단다. 즉석에서 한국어 몇 마디를 알려주었더니 금방 큰소리로 따라하며 자랑스러워 한다.

"안녕하세요!"

"감사합니다!"

"안녕히 계세요!"

한국에서 이곳에 온 목적이 한국어 자원봉사(Kikorea Mwalimu Kojiitolea KOICA)를 위한 일이지 않은가? 앞으로 이들을 위하여 힘이 되어주어야 겠다는 생각이 들었다. 미국의 18세기 작가이자 사회운동가였던 장애인 헬렌캘러(Helen Keller)는 이렇게 말했다.

"모름지기 비관주의자가 별들의 비밀을 알아낸 적이 있던가? 무인도를 향해 배 저어 간 적이 있던가? 인간정신의 새 출구를 열 었던 적이 있던가? 이는 오로지 장애를 가진 자들이 새 시대를 열 었다."

장미에 가시가 왜 있냐고 불평하는 사람들이 있다. 그러나 가시 에도 장미가 핀다는 걸 감사해야 한다. 장애는 예술(art)이며, 천 재적 삶의 방식이다.

김 교수가 언제인가 직장 연수 중에 눈을 가리고 500보 정도 걸어보는 시연이 있었는데 불과 몇 발짝 못 떼고 눈가리개를 벗어 야 했다. 이때 느낀 일은 '장애는 불편해도 불행은 아니다'였다. 문제는 사회현상을 비관적인 시선으로 바라보는 정신적 장애가 더 큰 장애라는 사실이었다. 장애란 뛰어 넘으라고 있는 것이지, 걸려 엎어지라고 있는 것이 아니다. 불운(不運)과 호운(好運)의 몇 배의 노력으로 극복하고, 적극적으로 성장에 활용해서 다음의 불운에도 끄떡없는 힘을 비축해야 한다.

천재적인 작곡가 '베토벤'은 청각장애에도 불구하고 작곡을 했는데, 한 곡을 쓰고는 최소한 12번을 다시 썼다. 또한 장애를 가지며 천재적인 교향악을 탄생시킨 오스트리아 '조셉 하이든'도 수많은 고생을 하면서 일생 동안 800곡 이상 작곡했다.

누구라도 지금 당장 장애우가 될 수 있다. 불의의 사고나, 질병으로 생기는 장애가 바로 그것이다. 장애는 유전, 또는 선천적이기보다 후천적인 요소에 의해서 상당수 발생한다고 한다.

2019년 8월 지구촌 개발도상국 아프리카 탄자니아에 가서 자원봉사를 다녀오라는 조국(祖國)의 부름에 따라 낯선 언어와 문화를 극복하며 이역만리 이곳에 왔다. 일은 멀리 있는 게 아니다. 바로 지금 내 앞에 펼쳐진 장애우들에게 자랑스런 한국어를 지도하여 이들의 정신세계를 밝고 힘차게 열어주어야 겠다고 생각했다.

"장애는 불편하지만 불행은 아니다? 장애는 예술(art)이며, 천재적 삶의 방식이다."

오늘은 탄자니아 코이카(KOICA)사무소의 현지연수 프로그램에 따라 '바틱 페인팅 현지문화체험'이 있는 날이다. 모로고로 지역 'Mr Deo' 강사와 현지인 'Cleophas' 교사와 'Samwel' 등 Assistant 3명의 지도 아래 언어학교 교실에서 오전 8시부터 13시까지 무려 5시간 동안 진지하게 독특한 아프리카 탄자니아 현지 문화체험을 하였다.

체험과정은 먼저 하얀 천에 원하는 그림이나 사진을 연필로 스케치한 다음 가스불에 익힌 왁스(Wax)로 1차 입히기를 한다. 그리고 왁스가 굳은 후에 가루를 털어내고 이어 색상을 입힌다. 그런 다음 건조시켜 다시 물체의 윤곽선과 덧칠을 하고 다시 왁스를 입혀 작품을 완성시키는 것이다.

일행은 각기 원하는 작품을 강사와 현지인 교사의 지도를 받으며 각기 작품을 1점씩 완성하고 자신의 서명으로 화룡정점(畵龍點睛)찍는 것으로 마무리하고 작품완성 기념으로 단체사진을 촬영했다.

"히야, 아프리카 탄자니아에 와서 바틱작품 하나 만들었네. 야호—!"

"우리가 바틱 화가가 다 되었네? 하하하 — 호호호—"

"이 작품이 알려져 우리를 초대하면 어쩌지…… 호호호— 하하하—?"

본래 바틱은(Batik) 인도네시아에서 유래되었다. 바틱은 수공으로 염색하는 면직 및 견직 의류의 기법·상징·문화는 인도네시아인의 삶에 오롯이 스며들어 있다. 즉, 아기에게 행운을 가져다주는 상징으로 장식된 바틱 멜빵으로 아기를 업고 다니고, 장례에서는 죽은 자를 바틱으로 감싼다.

일상적인 디자인은 보통 직장이나 학교에서 입고, 특별한 종류는 결혼식과 임신, 그림자 인형극과 기타 예술 공연에서 입는다. 왕족의 바틱을 화산에 던져 넣는 의식과 같이 특정 의식에서 중심적 역할을 하기도 한다. 바틱 장인(匠人)들은 바틱에 대해 자부심이 강한데 이들은 뜨거운 밀랍으로 천에 점과 선 등을 이용해 모티프를 그린다. 밀랍이 발라진 부분에는 염료가 물들지 않으므로 천을 한 가지 색에 푹 담가 선택적으로 색을 내고, 끓인 물로 밀랍을 제거하는 과정을 반복하면서 원하는 여러 가지 색을 낸다.

다양한 패턴의 바틱은 아랍의 서예, 유럽의 꽃다발, 중국의 불사조부터 일본의 벚꽃과 인도나 페르시아의 공작에 이르기까지 여러 나라의 영향을 받아 다채로운 모티브를 만들어낸다. 여러 세대 동안 가족 내에서 전수되어 온 바틱 기술은 그 색과 모티프의 상징성 등을 통해 인도네시아 사람들의 문화적 정체성을 반영하고 인도네시아 사람들의 창의성과 정신을 표현한다.

바틱이라는 말은 원래 인도네시아 자바어로 '점이나 얼룩이 있는 천'이라는 뜻의 '암바틱(ambatik)'에서 유래하였다. 서부 자바, 중부 자바, 욕야카르타(Yogyakarta) 특별주, 동부 자바지역에서 시작된 인도네시아 바틱은 19세기 초부터 자바를 비롯한 지역에서 세련된 형태로 아프리카에까지 발전했다고 한다.

우리나라에는 2018년 11월 인도네시아를 방문한 한국 대통령에게 인도네시아 '조코위' 대통령이 이 바틱을 직접 선물하면서 많이 알려지기 시작했으며 인도네시아 바틱은 그 정통성을 인정받아 2009년 세계유네스코 인류무형문화유산으로 지정되기도 했다.

한국해외봉사단 탄자니아 사무소의 운영 프로그램에 따라 지난

8월 26일부터 중간의 1주일 현장학습(On the Jop Trairing)에 임하기 위하여 10월 8일까지 모로고로 언어학교 현지 적응교육을 마치고 다르에스살렘시 코이카 사무소에 갔다. 수료식을 마치고 일행은 한국인이 운영하는 아띠(Atti)식당으로 갔다. 김 교수는 맥주와 김치가 먹고 싶었다. 김지희 담당 코디한테 부탁을 했다.

"김 선생님, 2달여 동안 고국을 떠나와 타국에서 입에 맞는 음식도 못먹고 술 한 잔을 못먹었어요? 배고파요? 맥주 한 병과 김치찌개 사 주세요. 소원입니다!"

김지희 코디는 밝게 웃으며 말한다.

"아, 그래요. 이제 현지적응교육도 마쳤으니 사드려야지요."

"웨이터, 여기 맥주 한 병과 김치찌개 곱빼기로 주세요."

"네, 알겠습니다. 금방 가져갈께요."

이날 시원한 맥주와 김치찌개를 그야말로 게 눈 감추듯 금세 먹었더니 김지희 담당 코디가 웃으며 말한다.

"김 교수님, 그렇게 드시고 싶었어요? 호호호—"

"그럼요 눈만 감으면 눈앞에서 어른거렸어요. 고맙습니다. 잘 먹었습니다."

얼마나 그리웠던가? 이역만리 아프리카 탄자니아 땅에서 오랜만에 먹어보는 매콤새콤 입에 감기는 대한민국 김치찌개 풍요의 내음과 돼지고기 달짝찌근 맛의 느낌은 아! 입 안에 척 감기는 식감(食感)이었다.

"아따, 아띠식당 김치찌개, 역시 우리 것이 최고여!"

KOICA Programme Manager 김지희 님이 베푼 아띠의 왕후 (王侯)밥상 김치찌개의 포만감은 최고였다. 서양의 철학자 '루드 빗히 안드레아스 포이에르바하' 는 말했다.

"언필칭 먹는 바 그것이 인생이야!"

"천 번의 키스보다 한 번에 먹는 감칠맛나는 김치찌개! 이리 오 너라!

Kilimanjaro 맥주 한 잔 주시게나!"

시원한 맥주와 안주로 먹는 김치찌개는 천상천하(天上天下) 풍미 일미(風味一味)의 궁합(宮合)이었다. 일 배, 이 배, 부일배(一杯, 二杯, 復一杯). 아띠의 왕후(王侯)밥상 금상첨화 이 세상 천하가 부럽지 않았다.

## 탄자니아 다르에스살렘 외교대학에서
## 한국어로 국위선양


　탄자니아사무소의 일정에 따라 소정의 현지적응교육을 마쳤다.
그리고 2019년 10월 14일(월) 한국해외봉사단 한국어교원 아프
리카 탄자니아 다르에스살렘 CFR(Cente for Foreign Relations/ Chuo
cha Diplomasia) 외교대학 대외관계연구소 한국어학과에 부임 강의
준비를 했다.

　매주 강의시간은 12시간이었다. 심야시간은 현지 치안 관계로
위험이 노출되어 피하고 주간 강의를 했다. 한국어학과 학사운영
을 살펴보고 이에 따라 합리적이고 적정한 한국어를 강의하기 위
해서 철저히 준비했다.

　외교대학의 커리큘럼은 Certificate과정과 Diploma과정
Bachelor과정과 PGD 과정이 있다. 그래서 이 학년들을 쉽게 표
현하기 위해 Certificate학생들은 학부에 들어가기 위한 예비 학
생으로 1학년 처리하였다. 다음은 Diploma학생들은 전문대 과정
으로 2년 과정이다. 이 학생들을 2학년과 3학년이라 부른다. 이
과정을 마치고 졸업할 수도 있다. 다음으로 Bachelor 과정이다.
이 과정은 학사학위 과정으로 3년 과정이다. 그래서 4학년과 5학

년 6학년이라 부른다. 이렇게 학사학위를 취득하려면 총 6년이 걸린다. 마지막으로 PGD코스는 전문 대학원 과정으로 1년이다. 이것을 표로 나타내면 다음과 같다.

| 학년 | 교육기간 | 수업시간 | 수업 형태 |
|---|---|---|---|
| Certificate | 1년 과정 | 수업유무는 교실의 유무에 따름 | 비정규수업 |
| Diploma | 2년 과정 | 오전과 직장인 학생들을 위한 야간 수업 | 정규수업 |
| Bachelor | 3년 과정 | 오전과 직장인 학생들을 위한 야간 수업 | 정규수업 |
| 총 학위 취득 과정 | 6년 | | |
| PGD | 1년 과정 | 오전과 직장인 학생들을 위한 야간 수업 | 정규수업 |
| 교직원 | 학기 과정 | 교직원들의 시간에 맞춤 | 비정규 |

　예비학년인 1학년만 무료로 누구나 수강할 수 있다. 정규과목이 아닌 만큼 소수의 학생들을 제외하고 학생들의 한국어에 대한 실력향상이나 성취도가 높지 않았다. 2018년 11월 교육부 승인을 얻어 정규과목으로 등록되어 각 학년의 학생들이 한국어를 배우지만 잦은 지각과 결석이 많은 학생들의 한국어 교육이 쉽지 않다. 1주일에 12시간의 수업하게 되는데 한국에서 만든 교재가 없어 교원이 교재를 재구성해야 하는 경우가 있다.

　이곳의 학생들은 한국어가 언어선택 정규과목이다. 한국과 가까운 나라들의 학생들처럼 한국어를 잘하지는 못한다. 그 이유는 한국 사람들이 많지 않기 때문에 한국어를 할 수 있는 환경이 조성되지가 않아 학생들이 한국어를 배우고 사용해 볼 수 있는 기회가 많지 않다. 둘째, 각 학년별 수업 시간뿐이다.

그래서 보충 수업과 보충 시험이 있다. 이런 점을 감안하여 교원교육과정 설계와 교재 선택은 매우 중요하다. 초급 1의 예를 들어 본다면 초급 1의 A와 B교재에서 한 학기에 A권을 다 마치기도 벅차다. 따라서 교재의 재구성이 필요한 실정이었다. 한국어 학생의 학년별 대상과 인원은 학교 측의 프로그램에 따라 학기마다 다를 수 있다. CFR은 학기 시작은 11월이며 1월에 종강하고 3월에 2학기가 시작되어 8월에 종강한다. 졸업은 1월에 있다. 새 학기가 되면 언어담당 Dr. Annita와 시험감독실에 평가계획서를 제출하여야 한다.

평가에서 출석점수는 이 학교에서 5%이지만 우리 한국어 교사들은 만점 100%에서 출석점수를 10% 주기로 하였다. 출석을 강조하지 않으면 결석과 지각이 많아 수업이 힘들다. 우리나라로 보면 중간고사가 Test1/20%와 Test2/30%의 두 번의 시험이 있고 과제와 발표 등(10% 내에서 교사가 조정할 수 있음)과 같은 것이 있어 모두 50%가 중간고사이고 기말고사는 50%이다. 중간고사 40%에서 25%를 통과하여야만 기말고사를 볼 수 있다(학기마다 다시 확인). 그 과정을 Coursework이라 한다. Test2가 끝나면 바로 학생들은 Coursework 사인(기말고사를 볼 수 있는 사인)을 하기 위해 교사에게 자신의 점수를 확인하므로 Test2가 끝나기 전 50%에 대한 과제나 발표와 같은 모든 것들이 끝나야 한다.

교재는 초급, 중급, 고급의 용어를 사용 시, 이곳에서는 한 학년이 지나면 중급이라 하기 때문에 한국어 교사가 정의하는 레벨과

는 차이가 있다. 그래서 커리큘럼 작성 교재는 초급이더라도 중급
으로 표시해야 학교에서 이해한다.

　탄자니아는 남극 적도에 위치하여 1년 365일 35도를 웃도는
더위이지만 계절은 봄이다. 아프리카는 덥기만하고 사계절이 없
는 것 같지만 아니다.

　'조금 덥고 시원한 때' 봄과 겨울이고, '아주 더운 때가' 가을
과 여름이다. 우리나라에서 가장 추운 계절이면 이곳에는 제일 덥
다. 12월에서 2월 사이가 가장 덥다. 그리고 4월부터는 조금 씩
시원하여지기 시작해서 5월부터는 가을 느낌이다.

　이곳 국립 외교대학 한국어학과에서는 다양한 방법의 교수법이
동원되어 한국어를 지도하였다. 기본적인 한국어 교재에 의한 강
의를 비롯하여, 동영상 교재와 단어카드에 의한 듣기, 쓰기, 말하
기, 읽기연습의 학습과 대중 앞에서 발표하는 시뮬레이션
(Simulation) 가상수행 시연, 부교재 통기타를 활용한 한국의 전통
노래로 한국어 익히기와 시낭송을 통한 한국어 익히기이다.

　더운 봄기운 따라 이곳 한국어학과에 한국 시낭송이 울려 퍼졌
다. 낭송문화를 처음 접하는 검은 얼굴의 학생들이 '시낭송으로
배우는 한국어교실' 이 신기한지 자꾸 묻는다.

　"교수님 저 동영상에 나오는 여 선생님 참 이쁘시네요! 그런데
지금 음악에 맞추어 한국어를 읽는 것, 저 것은 무엇인가요?"

　"음, 저 동영상에 개량한복을 입고 나오신 선생님은 대한민국
대전광역시에서 열심히 활동하시는 김종진 시낭송가예요. 한국어

를 천천히 읽으면 '낭독'이라고 하고, 저 영상처럼 음악을 배경으로 하여 한국어의 높낮이 음성으로 노래하듯 읊는 것은 '시낭송'이라고 해요."

"아! 우리는 처음 보는 영상이어요?"

"참 듣기가 좋고 소리가 아름다워요!"

신기한 듯 다시 틀어달라는 요청에 따라 대전 김종진 시낭송가의 고운 목소리 영상을 진지하게 함께 보았다. 「꽃밭」과 「별 헤는 밤」「차 한 잔 하시겠어요」「청산도」「칸타빌레」등 5편을 2시간 내내 감상을 했다.

"여러분 지금 보듯이 시낭송이야 말로 가장 정교하고 아름다운 언어교정 학습이예요. 천천히 한국어를 음미하며 낭송하다 보면 한국어가 귀에 쏘옥 들어와요. 자─동영상을 보며 다시 한 번 천천히 따라해 보세요."

학생들은 신기한 듯이 영상 속 한국 김종진 시낭송가 음률에 따라 천천히 따라 낭송을 했다. '이런 분야의 한국어 학습이 있냐?'하며 진지하게 '시낭송으로 배우는 한국어'를 배웠다. 근래 아프리카 탄자니아 학생들이 '시낭송으로 배우는 한국어 학습'에 재미를 붙였다. 아무리 맛있는 떡도 계속 먹으면 입에 물리는 법이다. 명강의 명강사도 하루 몇 시간을 전인적 교수법으로 운영하면 학생들이 지루해 한다.

따라서 부교재로서 통키타와 시낭송 기법을 활용한 학습을 활력있게 운영하며 재미를 붙인 것은 지난 고국 대학에서 한국어 강의하면서 운영을 했다. 그래서 아프리카 동인도양 탄자니아 외교대학 한국어학과에서도 통키타와 시낭송 기법 학습을 적극적으로 도입 운영하고 있는 것이다.

영국의 역사학자 다큐멘터리 작가 '존 맨' 은 그의 강론에서 '대한민국의 한글은 세계의 모든 언어가 꿈꾸는 최고의 알파벳이다!' 라고 하지 않았던가! 근래 '방탄소년단' 과 영화 '기생충' 등으로 한류문화(韓流文化)가 지구촌으로 확산되는 영향으로 21세기 세계 공용어로 부상하며 자리매김하는 '한국어 학습 비상' 과 함께 드넓은 세상으로 날아보자!

문득, 공병우 선생님의 어록이 생각난다. 공 박사님은 지난 세기의 선각자로 불리며 1949년 한글타자기를 발명하고, 한글학자 이극로 선생님과 함께 한글사랑과 한글기계화운동을 하였다. 그리고 1988년 한글문화원을 설립 한글 글자꼴과 남북한 통일 자판문제 등을 연구하였으며 한글을 이렇게 정의하였다.

"한글은 금이요, 로마자는 은이요, 일본 가나는 동이요, 한자는 철이다."

외교대학 한국어학과에서 강의중에 말이 안통하는 흑인학생들에게 지난 1443년 세종 25년에 만들어 1446년 공포한 한글, 한국어 가르치며 하루종일 떠들었더니 목이 칵-칵-막힌다. 한국 같으면 막걸리 한 잔에 두부라도 한 접시 들고 싶지만 바람과 흙먼지 30도 웃도는 무더위와 적도의 대륙 아프리카 동인도양 탄자니아에 무엇이 있을까? 애닯은 긴 한 숨으로 습도와 무더운 환경속에서 미망(未忘)의 애환을 달래본다.

근래 마침 고국의 K-pop '방탄소년단(경제효과 5조 6천만 원)'과 영화 '기생충(2천억원)'이 세계를 호령하고 있다. 이에 가장 바빠지는 분야가 전 세계 한국어교실이다. 너도 나도 방탄소년단의 떼 창문화(따라 부르는 노랫말)과 영화 기생충을 이해하려고 한국어 교실을 찾는다

방탄소년단 한류(韓流)가 뜨면 한국어공부 열풍이 불어 한국어 교원들이 바빠진다. 2019년 12월 방탄소년단이 미국 소셜네트워크 텀블러, 구글, 유튜브, 트위트 등 1위를 휩쓸며 k-pop 떼창문화(여럿이 같이 부르는 노래) 팬덤(Fandom)이 형성되자, 너도 나도 한국어학원과 각 대학 한국어학과에 전 세계에서 3백만 명 이상이 몰리고 있다.

세계의 교육문화강국 미국은 5,300여 개 대학에 2천만 명이 넘는 학생(호주 인구 2,500만 명)이 있는데, 이 가운데 한국어 전공 학생이 상당수 증가한다고 한다. 미국 워싱톤 DC 한국대사관 산하 미국 전 지역 7개 영사관에서는 한국어교실을 구성, 792학교 4만여 명 학생과 한국어교원 6,900여 명을 배치하여 3억 3천만 명의 미국 국민을 대상으로 한국어를 알리고 있다.

미국 뿐이 아니라, 박항서 축구감독이 있는 베트남과 우즈베키스탄이 있는 중앙아시아에서 한국어교원이라면 업고 다닐 정도로 인기가 상종가로 발돋음을 하고 있다. 이 뿐이 아니라, 전 세계적으로 한국어 열풍이 확산되고 있어 한국인으로써 남 다른 긍지를

느낀다. 주변에 취업이 안되는 젊은이가 있다면 한국어교원 자격증을 따서 21세기 전 세계 유망직종 길을 방탄막이로 시원하게 열어 주어야 한다. 그러면 우리 한국어가 영어처럼 세계 공용어가 될 날이 머지않을 것이다.

"방탄소년단아! 길 터 주어 고마워요. 여기 아프리카에서 오늘도 ㄱㄴㄷㄹㅁ— 가나다라마— 한국어가 나간다."

21세기 세계 언어학계는 한국어학습 열풍으로 공용어로 발돋음하고 있다고 최근 영국의 유명한 BBC 방송이 소개하였다.

"지난 2012년 한국 가수 '싸이 강남스타일'에 이어 근래 '방탄소년단(BTS)'과 함께 'K-POP 인기'로 인해 전 세계가 한국어학습 열풍에 따라 공용어로 발돋음을 하고 있다!"

21세기 '비틀스(Beatles)'로 불리는 대한민국 '방탄소년단(BTS)'이 미국, 유럽, 중동 사우디아라비아, 아시아 등으로 인기가 확산되자 떼창(여럿이 따라 부르는 노래)을 배우기 위하여 한국어학습이 확산되고 있다. 세계 각국에서는 초·중등학교에서 한국어가 외국어로 선정은 물론, 각 대학에 한국어학과를 개설 운영하고 있다.

한국어 보급을 위하여 아프리카 탄자니아 한국대사관은 '한국어교실'에 한국어전문가를 초빙 대학생과 일반국민을 대상으로 운영하는 한편, 다르에스살렘대학의 한국어센터와 한국학연구센터를 활성화시킬 예정이다. 한국대사관의 전방위적인 한국어교실 운영은 지난 2018년 12월 19일 부임한 '조홍익 대사'의 뚜렷한국가관과 한류(韓流. The Korean wave)에 대한 남다른 선견지명으로 시작된다. 여기에 코이카(Koica) 탄자니아 사무소의 한류 확산 의지에 따라, 지난 1992년 한국과 탄자니아가 수교를 맺은 이래 28주년 맞이 한류를 통한 우호증진의 국위선양을 한다.

세계에서 대학이 가장 많은 나라는 미국인데 2019년 기준 5,300여 개 대학에 대학생(대학원생 포함)이 2천만 명이다. 호주 인구가 2,500만 명인 것을 감안하면 웬만한 국가 인구수와 비슷할 정도로 대학생이 많다.

또 미국 현대언어학회(Modern Language Association) 2019년 6월 보고서에는 한국어를 배우는 대학생이 지속적으로 증가한다고 한다. 이것은 한국의 드라마와 K-POP과 2012년 7월 한국 톱가수 싸이의 '강남스타일' 뮤직비디오 인기와 근래 '방탄소년단' 의 '빌보드 200'에서 1위 3관왕을 차지하는 한편, 미국 타임지 2019년 인물 1위에 선정되면서 기폭제가 되었다. 한국 정부는 한류와 한국어·한글 확산 공로를 인정해 문화훈장을 수여하였다.

한국어에 대한 인기는 비단 미국뿐이 아니다. 전 세계 각국에서 한국어 학습자가 증가하고 있다. 국립 국제언어연구원 조사에 따르면 현재 전 세계에 약 3백만 명이 이상이 오프라인과 온라인을 통해 한국어를 배우고 있다고 한다.

근래 일본에서 개최한 '한국어토픽'(TOPIK) 응시자가 무려 2만여 명이 몰려 관계자가 깜짝 놀랐다고 한다. 또 중앙아시아에서는 한국어교원이라면 업고 다닐 정도 인기가 좋다고 한다. 베트남 중·등학교는 제2 외국어를 한국어로 선정하였고, 베트남에 진출한 한국기업 취업이 베트남 청소년 최고의 꿈이라고 한다.

한국 방탄소년단의 2019년 12월 26일~29일 서울 파이널 공연' 보고서에서이벤트의 경제적 효과는 1조원에 육박한다고 고려대학교 '편주현 경영대학 교수팀' 의 연구결과가 나왔다. 그리고 현대경제연구원은 '방탄소년단(BTS)의 경제적 효과' 보고서에서 '방탄소년단의 생산유발 효과는 연평균 약 4조1400억 원' 이라고 한다고 한다.

한류(韓流)는 2000년대 초반 한국 드라마들이 해외로 수출되면서 시작되었다. 드라마 '겨울연가' 는 주연을 맡은 배우 배용준이 '욘사마' 로 불리며 일본에서 선풍적인 인기를 끌었다. 이후 '천국의 계단' , '대장금' 등 한류 드라마가 속속 제작되었다. 특히, 2013년 방영된 '별에서 온 그대' 는 중국에서 돌풍을 일으키며 한국의 '치맥' 문화를 전파하기도 했다. 2016년 방송된 '태양의 후예' 와 '도깨비' 도 대표적인 한류 드라마였다.

2000년대 후반에 들어서면서 본격적으로 K-POP이 한류를 주도한다. 댄스그룹 동방신기, 소녀시대, 빅뱅, 카라 등은 일본 전역에서 인기를 끌면서 K-POP이 한류를 이끌었다. 2012년 가수 싸이의 '강남스타일' 과 '방탄소년단' 의 치솟는 인기는 한국의 위상과 한국어 열풍의 기폭제가 되고 있다.

전 세계 언어는 6,900여 개로서 1위가 13억만 명의 중국어이고, 2위는 스페인 3억 2,900만 명, 영어는 3위의 3억 2,800만 명이며, 한국어는 13위로 남한과 북한, 중국 연변조선족과 해외 동포를 포함하여 7천 780만 명 정도이다.

한국어는 지난 2008년 7월, 인도네시아 바우바우시와 한국 훈민정음학회 양측이 한글보급 양해각서(MOU)를 체결하고, 한글 교과서를 제작, 보급하며 결실을 맺기 시작하여 한국어 수출의 첫 사례를 기록했다. 인도네시아 부톤(Buton)섬 남동쪽에 있는 우림 지역 술라웨시주(州) 인구는 50만여 명이며, 가장 큰 도시인 바우바우(Bau-bau)시(市)에서 찌아찌아 언어의 음가를 우리 '한글'로 표시한 교과서가 교육에 사용되기 시작했다.

그러나 아쉽게도 현지에서 세종학당을 운영하던 경북대학이 재정적 어려움과 문화적 갈등을 이유로 중도에 철수했다. 이에 따라 2006년 KBS '우리말겨루기'에 출전해 우승한 '정덕영 한국어교원'이 한국찌아찌아문화교류협회 소속으로 2010년 찌아찌아 마을로 파견되어 한국어를 가르치며 가까스로 명맥을 유지하고 있다. 현재 소라올리오 마을 까르야바루초교 3학년 2개 반과 부기2초교 3학년 1개 반·4학년 1개 반, 바따우가군의 초등학교 4학년 2개 반을 각 각 가르친다.

희소식은 2020년 1월 6일 아시아발전재단(이사장 김준일)에서 찌아찌아족 한글학교 한국인 교원 정덕영씨를 통하여 찌아찌아족 언어사전을 앞으로 3년간 제작하기로 하였다고 한다.

두 번째로 한국어 수출은 2012년 10월 남태평양의 섬나라 솔

로몬제도이다. 1978년 영국으로부터 독립한 솔로몬제도는 남태
평양의 파푸아뉴기니 동쪽에 있는 섬나라로 과달카날, 뉴조지아,
말라이타 등 여러 개 섬으로 이뤄져있다. 면적은 2만 8천 400여
㎢이며 50여만 명 인구가 살고 있다.

솔로몬제도의 말라이타주는 인구는 5만 명으로서 토착어 '꽈라
아에어'를 쓴다. 카리어와 꽈라아에어를 한글로 표기한 교과서
'코꼬카리'와 '꽈라아에'를 만들어 가르치고 있다. 현대 한국어
교원 2명이 '땅아라레 중학교'와 '낄루사꽐로 고등학교'에서 한
국어를 가르치고 있다. 앞으로 한국어 보급성과를 지켜본 뒤 솔로
몬 제도 전역으로 보급을 확대할 계획이다.

이 외에 예전에 한글학계에서는 중국 헤이룽장(黑龍江) 지역의
오로첸족(族)과 태국 치앙마이 라오족, 그리고 네팔 오지의 소수
민족 체팡족에게 한글을 전파하려고 노력했으나 중앙정부와 현지
지도층의 협조 미흡으로 실천을 못하고 있어, 좀 더 지켜보아야
할 일이다.

앞으로 한국어연구 관계자와 해외공관에서는 한국 가수 '싸이
강남스타일'에 이어 근래 '방탄소년단(BTS)'과 함께 'K-POP 인
기'로 인해 전 세계가 한국어학습 열풍에 따라 공용어로 발돋음
하기를 기대하고 있다.

영국 '이코노미스트' 잡지는 앞으로 100년 안에 인류의 고유
언어 90%가 새로운 통신환경에 적응하지 못하고 소멸될 것이라
고 했다. 세계의 언어학자들은 지구상 6,900여개 언어 중에 21세

기 안에 대다수가 소멸하고 영어, 중국어, 스페인어 정도만 살아남고, 경제대국인 일본과 독일의 말 정도가 간신히 명맥만 유지할 것이라고 한다.

현재 남·북한과 해외동포까지 인구를 합쳐 7천 780만 명으로서 한국어를 사용하는 인구가 2,200만 명 정도 더 있어야 한다. 가정에서 사용하는 비공식적 언어로 남을 가능성이 많은 우리 한국어를 1억 명 이상 확보해야 안정적이라는 것이다.

현재 전 세계 6,900여개의 언어 중에 1억 명 이하의 한국어를 가진 한국으로서 간과할 일이 아니다. 미래는 인구가 국가경쟁력이다. 현재 중국이 세계 대국 미국과 맞서는 이유중에 하나가 13억만 명이라는 막대한 인구가 그 배경이란 점에서 한국어를 연구하는 입장에서 고민이 깊어진다.

지구촌 전 세계 대륙은 5대양 6대주로 구분한다. 이 가운데 가장 큰 면적과 인구는 아시아인데 지구 전체면적 30%를 차지하며 4,397만6천만㎢에 인구 43억 8억명이다.

두 번째는 아프리카로서 면적 3,036만㎢만에 12억 명이다. 세계에서 두 번째 큰 면적과 개발도상국 55개 국가, 인구 12억에 가까운 많은 사람들이 몰려있다. 이 가운데 동인도양에 인접한 검은 진주로 불리는 탄자니아가 한국어로 자리매길 될 전망이다. 21세기 세계 공용어로 한국어가 지구촌 각 나라 언어학계에 발돋음을 하고 있다. 이 시기에 개발도상국의 총체적 출발점인 '한국어교실'을 아프리카 탄자니아 한국대사관이 직접 운영하는 일은 바람직한 일이다.

김한글 교수는 대학에서 한국어 4년, 대학원 석사와 박사 4년, 한국어 연구서 4권 출간, 대학과 다문화센터에서 한국어강의 5년 도합 13년을 한국어만 외롭게 바라보고 연구했다. 그러자 주변에서는 이렇게 권고했다.

"한국어를 오래 연구 문학박사를 취득하고, 한국어 연구서 출간과 후학을 가르쳤으니 이제는 해외에 나가 자랑스런 한국어를 알려야 하지 않겠어요?"

따라서 2019년 8월 대한민국 '자원봉사자'라는 이름표를 달고 이역만리(異域萬里) 남극의 적도 아프리카 대륙 검은진주 동인도양 탄자니아에 왔다. 현재 이곳에서 600여년 전 1443년 세종대왕이 만든 세계적인 알파벳 한국어를 널리 알리며 국위선양하고 있다.

지구촌 인류가 모두가 잘 살기 위하여 개발도상국의 위상과 변화를 촉구하며 그 변화와 발전의 흐름 위에 구슬같은 땀방울을 목울대로 넘기며 '나눔과 배움을 통한 인류의 공동번영!(A better world sharing and lerrning!)을 위하여 은디지(Ndizi)!' 외치며 오늘도 아프리카 대륙을 달리고 있다.

김 교수는 지난 20대 젊은시절부터 외래어보다 유난히 순수한 우리말이 좋았다. 젊은시절 서울에서 잠시 문학활동을 할 때 국문학자 이숭녕 박사를 따라다니며 우리말에 대한 아름다움과 고귀함을 배워서 그랬을 것이다.

또한 각종 모임의 직책 이름을 우리말로 지어 운영했다. 모임

회장은 '이끔이' 총무는 '살림이' 회계는 '돈셈이' 문예지 발행인은 '펴낸이' 편집은 '판짠이'로 배포는 '나눔이'로 각 각 지어 운영할 정도도 '우리말 한국어 사랑'이 지금껏 40여년 이어지고 있다.

따라서 기왕 우리말을 알려면 체계적 학문적 접근을 위하여 한국어 곁으로 가까이 다가갔다. 대학에서 한국어학 전공을 4년, 석사와 박사과정 4년 등 도합 8년을 한국어 도제식(徒弟式) 공부를 하고, 4년제 정규대학에서 한국어 강의를 하며 우리말 관련 연구서 '한국어 이야기' 등 문학서적 총 33권을 출간하여 서점에 배포하여 현재 판매중이다.

이 가운데 한국어 연구서 4권을 출간하였다. 그 중에 '한국어산책' 연구서는 중국의 유명한 흑룡강출판사에서 출간 중국 베이징 '신화사서점' 등에서 판매중이다. 종 종 중국에서 오는 조선족동포들이 서점에서 '김우영 작가의 한국어 산책'을 잘 보았노라며 안부를 전하곤 했다.

학교와 주변에서 한국어 문학박사로서 최고의 자리까지 올랐으니 이제 해외에 나가 우리의 자랑스런 한국어를 알리는 게 국가적으로, 개인적으로 좋겠다며 권장했다. 따라서 지난 8월 고국을 떠나 지구 반대편 남극 적도가 지나는 이 억 만 리 아프리카 탄자니아에 날아왔다.

21세기 지구촌을 누비며 세계의 알파벳(Alphabet)으로 보무도 당당히 자리매김을 하는 자랑스런 한국어를 알리기 위하여 이곳에 온지 벌써 몇 달이 지나고 있었다. 김 교수는 해외생활이 처음이어서 낯선 언어와 문화에서 오는 당혹감이 많았다. 아프리카의 대표적 언어인 스와힐리어(Kiswahili)가 잘 들어오지 않았다. 40여 년을 한국어만 바라보고 도제식(徒弟式) 공부를 하였고, 대학원 석사와 박사과정 외래어 시험을 한문(漢文)으로 선택하여 고리타분하게 맹자 왈, 공자 왈을 하였다. 그러니 영어에서 출발한 스와힐리어가 잘 안되는 것 이었다. 아프리카 탄자니아 현지도착 3개월에 접어든 지금도 스와힐리어는 초보수준이다. 얼마나 되어야 입에 붙고 귀에 익을지……?

# 땅콩 껍질의 연가 숙소의 야릇함

김한글 교수가 살고 있는 숙소 탄자니아 다르에스살렘 외곽지 기숙사촌 샐베이숀 아미(Salvation Army/ 한국의 방갈로 형태의 단독주택)이다. 겉은 그럴듯하지만 내부시설은 오래되어 고장이 잦았다. 화장실, 에어컨, 출입문, 유리창, 전구 등이 고장이 자주난다. 이러한 전문적인 분야의 언어를 몰라 구글번역기를 사용하여 손짓과 몸짓으로 가까스로 고쳐달라고 의사를 전달하면 '오케이' 하고는 함흥차사(咸興差使)였다. 방 전구 교체를 요구하면 보통 10일, 1달이 걸린다. 청소하는 직원들한테 한국산 라면을 하나 선물하면 그때 뿐, 되돌아서서 또 달라고 한다.

중국 청나라 속담에는 이런 말이 있다.

"거리의 걸인(乞人)한테 동전 한 잎도 주지 말아라? 차라리 삽자루를 손에 쥐어 주어라!"

걸인한테 자꾸 동전을 주면 걸인인생을 연장하는 꼴이니 차라리 일감을 주어 노력하여 먹고 살도록 하는 게 개인적으로나 국가적으로 합당하다는 말이다. 공감이 가는 말이다.

이 나라 사람들은 약속에 대한 개념이 없고, 외국인이라서 가볍게 여기는 것 같다. 실제 외국인을 잘 대해줘야 그 홍보효과가 커

국가적 브랜드의 신용장 이미지가 고양되어 미래의 선진국가가 되는데 말이다.

현재 아프리카에는 한국을 비롯하여 많은 선진국가들이 ODA(공적개발원조, Offical Development Assistance)의 분야에서 지원 활동을 하고 있다. 대한민국 외무부 코이카(Koica)에서 아프리카 탄자니아에 지난 1991년부터 지금껏 무려 약 8천만불에 해당하는 국가적 재정지원을 하고 있다. 이렇듯 세계 각국에서 다양하게 원조를 받으니 당연한 것처럼 여기는 듯하다.

김 교수가 외교대학에서 10분 거리에 있는 숙소 샐베이숀에 자리를 잡은지 얼마 안된 밤이 시작하는 저녁 때 빨래를 걷고 있었다. 그런데 어떤 앳 띤 흑인 소녀와 고양이가 한 마리가 숙소 앞으로 시나브로 다가왔다. 눈이 퀭한 소녀로서 17~19세 정도이고, 길 고양이는 2~3살 정도 보였다. 소녀는 배가 나왔는지 불룩하고 반면, 고양이는 못먹었는지 배고파 보였다. 안스러워 흑인소녀와 고양이에게 식빵과 햄쏘세지를 주었더니 얼마나 배가 고팠는지 금새 먹는다.

그리고는 어둠이 내리는 저녁인데도 문가에 앉아 돌아가지 않았다. 그래서 못하는 스와힐리어와 영어를 섞어 숙소 출입문 닫을 테니 나가달라고 했다.

"나는 한국에서 온 외교대학 교수요. 내일 강의가 있어 준비를 해야 하니 가 이 고양이를 데리고 나가주어요?"

"흐흐응—흐흐응——하-하바리자 지오니(저녁인사)하-하바리자 지오니!"

소녀는 알아듣기 어려운 스와힐리어로 중얼거리며 오히려 방안으로 들어왔다.

"허엇, 이것 참 난감하네……?"

남루한 옷차림에 바싹 마르고 몸이 말라 배가 나와보이는 초췌한 모습의 연약한 흑인소녀를 밖에 강제로 인정상 내보낼 수는 없었다. 더구나 지금은 까아만 어둠이 깔리는 밤이 아닌가?

그랬더니 새끼고양이도 소녀를 따라 들어온다. 둘이는 오랜기간 같이 산 듯 친숙했다. 소녀가 고양이를 쓰다듬어 주자 '야오옹' 하며 달라붙는다. 옆방을 가리키며 말했다.

"허허 참내. 유선 그 방에서 고양이와 오늘밤은 늦었으니 쉬세요."

"Sawa(좋아요) Asante(감사합니다)"

늘 혼자서 지내는 숙소에 낯선 사람과 고양이기 함께 있다 보니 신경이 쓰였다. 엎치락 뒤치락 새벽녘에야 잠이 들었다.

이른 아침 식사를 위하여 일어나 부엌에서 식빵을 구었다. 딸그락 거리는 소리에 소녀가 방문을 열고 나왔다. 그러나 고양이도 소녀를 따라 나왔다. 그래서 준비한 식빵을 거실 테이블에 앉아 같이 먹자고 했다.

"이리 와요. 같이 들어요."

"으응, 으응……"

그러자 고양이도 발밑에서 쭈그리고 앉아 먹을 것을 달란다. 김 교수는 하는 수 없이 엊그제 가까운 마트에서 구입하여 냉장고에 보관한 햄 쏘세지를 잘라 주었다.

한편, 김 교수는 고국의 아내가 뇌출혈로 쓰러져 회복중이다. 주변에서 반려견 구입을 권장했다.

"뇌출혈 환자의 잃어버린 어눌한 말과 의지를 살리는 데는 반려 견만한 동물이 없어요. 입양하여 키워봐요."

"아, 그래요. 아픈 아내를 위한 일이라면 못할 일이 없지요."

그래서 예쁜 푸들 강아지를 입양하여 키우기 시작하였고 이름은 아내의 선택에 따라 '후추' 라고 불렀다. 그 후 김 교수 부부와 1남 2녀 자녀부부 등 총8명 가족에 총애를 받으며 '후추' 는 김 교수집 사랑받는 반려견이 되었다.

본래 김 교수는 젊은시절 대학에서 축산학을 전공하였으며 이에 따라 직장생활을 축산부서에서 근무하여 동물을 이뻐했다. 그러던 터에 고국의 아내가 키우는 애견 '후추' 를 그리고 있었는데 이역만리 떠나온 아프리카 탄자니아에서 만난 고양이가 이쁘지 않을 수 가 없었다. 어젯밤에 숙소에 온 흑인소녀보다 새끼고양이에게 더 눈길을 준 것은 아마도 김 교수의 남다른 동물사랑이었으리라.

식빵으로 아침을 먹은 김 교수는 난처하였다. 학교에 강의를 나가려면 출입문을 잠가야 하는데 사람을 안에 놓고 잠글 수 도 없고, 그렇다고 열쇠를 맡길 수 도 없었다. 김 교수는 학교로 출근을 앞두고 고민에 빠졌다.

"보아하니 오갈데 없는 걸인 흑인소녀 같은데……? 저 이쁜 고양이와 나가라고 할 수 없고……? 이를 어쩐다……?"

김 교수는 한참 고민 끝에 결정을 내렸다. 일명 '지구촌 나그네'. 짐이라고 해봐야 옷가지가 든 가방 2개에 배낭, 통기타 하나 뿐인 것을……! 어차피 타국에서 혼자 있을 바에는 같이 있는 것도 의지가 될 것 같았다.'

"좋아요. 오갈데 없으면 여기서 있어요."

"흐으으 흐으으 Asante Asante(감사) Sawa Sawa.(좋아요)"

김 교수는 일단 학교로 출근하였다. 따라서 짜여진 강의 일정에 따라 강의를 마쳤다. 일과를 마치고 다른 날처럼 학생들과 생활상담을 가졌다. 학생들과 내일 만나자며 인사를 마치고 숙소로 돌아왔다. 길가 하천은 각종 쓰레기로 뒤섞여 오물로 가득했다. 도로는 짐을 가득실은 화물차들을 얼굴이 까아만 흑인들이 허연 이빨을 드러내며 히쭉 웃으며 달리고 있었다.

숙소로 오는 길에 한 무리의 어린 학생들이 낯선 동양인 김 교수에게 말을 걸어온다.

"헤이 지나, 지나 하바리자 지오니?"

김 교수는 단호하게 손을 내저으며 대답했다.

"노우 노우, 지나 지나. 음미 니 므왈리무 와 키코리아(아니오 나는 중국인이 아니고 한국에서 온 한국어 선생 입니다)."

탄자니아 각종 공사장에는 중국인 노동자들이 많이 있다. 이러다보니 모습 비슷한 중국인과 한국인을 구 못하고 '차이나'를 아프리카 탄자나아식 발음으로 '지나' 라고 부르는 것이다.

숙소로 오는 길 서편 하늘 야자수 위로 하루해가 뉘엿뉘엿지고 있었다. 숙소에 가까이 오나 입구에 있던 새끼고양이가 걸어나온다. 뒤이어 흑인 소녀가 까아만 얼굴에 흰 이빨을 드러내며 웃는다.

"흐흐흑—흐흐흐."

"마치 고국의 아내가 마중나오듯하니 기분이 괜찮군. 허허—"

흑인 소녀와 고양이를 부를 호칭이 떠오르지 않자, 고국의 아내 푸들 애견이름 '후추' 라고 불렀다.

"후추야 학교에 다녀왔다. 잘 있었지?"

숙소에 들어갔더니 맛난 음식 냄새가 난다.

"어? 무얼했지……?"

"흐흐응— 흐흐응—"

김 교수가 학교에 간 사이에 흑인 소녀는 고양이와 함께 냉장고에 사다놓은 햄쏘세지를 후라이 팬에 굽고 있었다.

"아, 이런? 후추 소녀가 조리를 다 했네. 아산테 아산테.(감사)"

고양이와 거실 테이블에 넷이 앉아 햄쏘세지에 식빵에 간단히 식사를 했다. 마치 가족이 함께 식사하는 것 같이 모처럼 평온안 집안 분위기였다.

김 교수는 곧 있을 학교의 '한국어말하기대회행사' 준비를 위하여 방으로 들어갔다. 그러자 후추 소녀와 후추 고양이는 알아듯지 못한 말을 나누고 있다. 설겆이를 마치더니 이들도 방으로 들어갔다.


이렇게 하여 김 교수의 아프리카 탄자니아 숙소에서의 '땅콩 껍질의 연가 야릇한 동거' 시작되었다. 김 교수는 매일 강의 일정에 따라 아침이면 학교로 출근을 하고 저녁이면 숙소로 돌아와 '후추 소녀'와 '후추 고양이' 네 식구가 숙소 주변산 책과 가까운 시장에도 같이 가는 등 남다른 즐겁고 행복한 삶을 누리었다.

그 후 후추 소녀는 밥하고 빨래하고 숙소를 청소하며 그야말로 집안 살림을 하며 수고를 했다. 아울러 후추 고양이도 김 교수를 주인장으로 섬기며 무척 따라 귀여워했다.

후추 고양이는 아침 저녁으로 먹이를 주었다. 그리고 오가며 머리를 쓰다듬어주면 좋다고 다가와 몸을 부비며 애교를 떤다. 원래의 주인으로 섬기던 후추 소녀보다 김 교수를 더 따랐다, 그러자 후추 소녀가 질투를 하며 눈총을 보낸다.

"아하, 여자의 질투는 한국어나 아프리카나 똑같구나!"

바람, 모래, 흙먼지 이는 대륙광야에서 보듬어주는 인정이 그리웠으리라! 아프리카 광야에서 누가 밥을 챙겨 주겠는가? 야생에서는 먹이가 없으면 굶고, 기아로 죽는 게 동물의 세계일 것이다.

이렇게 만나 인연이 된 후추 소녀와 후추 고양이는 아예 숙소 앞을 지키고 앉아 같이 생활하는 한 가족이 되었다. 아침에 일어나 문을 열면 후추 소녀와 함께 야오옹— 하고 인사를 한다. 학교를 갈 때도 인사를 한다.

"다녀올게. 집 잘 지키고 있어!"

하면 눈을 깜박거리며 숙소 입구에 다소곳이 앉아 있는 것이다. 또 흑인 소녀는 스와릴리어로 인사를 한다.

"하바리자 아수부히(아침인사)!"

또 학교에서 돌아오면 후추 소녀는 부근에서 고양이와 놀다가 펄쩍펄쩍 뛰어온다.

"잘 있었어요? 그래 반가워요."

"운주리 사나!(좋아요)"

하며 다가와 후추 소녀는 인사를 하고 고양이는 다리에 머리를 부비며 애교를 떤다.

그렇치 않아도 이역만리(異域萬里)낯선 아프리카 대륙. 아는 사람하나 없이 외로운 타국에서 후추 소녀와 고양이를 의지하며 잘 지냈다. 숙소 인근을 산책 할 때 같이 가지고 손짓하면 후추 소녀와 고양이가 출랑출랑 따라온다. 이러니 낯선 동양의 외로운 지구촌 나그네가 이뻐하지 않을 수 없었다.

아프리카 후추 소녀와 고양이 후추와 같이 생활한지 두어 달 되었을까? 후추 소녀가 배가 자꾸 불러단다. 공교롭게도 후추 고양이도 배가 불렀다. 아무리 남자이지만 김 교수는 직감했다.

"저 후추 소녀가 아무래도 임신을 한 것 같구나. 아울러 저 고양이도? 그럼 아이와 새끼를 낳아야 할 터인데 어찌 해야하나?"

그런 다음 날 부터 후추 소녀의 배는 자꾸만 불러갔다. 고양이도 마찬가지였다. 아마도 만삭이 되어가는 듯 했다.

숙소 내 주변에서는 흉흉한 소문이 들려왔다.

"저 한국어 교수님 숙소에 있는 소녀가 임신을 했는데? 아무래도 교수님 아이 같아요?"

"그러게 말이야?"

그러던 어느 날. 숙소 지배인 '마크 사룽지'가 김 교수의 구원투수로 나섰다.

"아니어요? 저 소녀는 언제인가 우리 숙소에 들어왔는데 당시 인근 공사장 감리단장으로 한국에서 파견된 '미스터 장(張)'이란 남자의 아기예요. 어느 날 미스터 장이 급거 본사의 부름을 받고 한국으로 귀국했어요. 그러자 저 소녀는 혼나 남아 울고 있었어요. 그 당시 이미 미스터 장의 아이를 임신하고 있었어요."

"아, 그런 사연이 있었군요. 그런데 저 소녀는 왜 하필이면 한국어 김한글 교수 숙소로 들어갔을까요?"

"모습이 같은 한국인이니까 미스터 장에 대한 그리움으로 다가가겠지요."

"그럼 저 한국어 김 교수는 왜 아무런 연고도 없는 소녀와 고양이를 받아들였을까요?"

"저 김 교수님은 문학박사와 자원봉사자로서 베풀고 섬기는 덕망이 있고 한국에서 알아주는 훌륭한 교수님이래요."

숙소촌 사람들은 이구동성으로 칭찬을 했다.

"아, 저 교수님 훌륭한 분이네요!"

"맞아요. 우리가 챙겨야 할 일을 외국인이 하고 있어 미안하고 고맙네요."

"Asante Asante(감사)!"


후추 소녀와 고양이가 동시에 임신으로 배가 불룩하여 힘들어하여 먹거리를 더 주고 알뜰히 챙겨주었다. 배가 불룩하던 어느 날. 후추 고양이도 함께 사라졌다. 김 교수는 학교에서 퇴근 후 후추 소녀와 후추 고양이를 찾아 숙소 골목골목을 누비었다.

그러던 후추 소녀가 며칠 안보여 김 교수는 퇴근 후 매일 같이 숙소 부근 골목을 누비며 찾는 게 일이었다.

"후추 소녀야 어디로 갔니? 후추야— 후추야—"

다른 때 같으면 뛰어와 반가워 할 후추 소녀와 고양이가 안보였다. 학교에 가서도 오로지 실종된 후추 걱정을 했다.


후추를 찾습니다


지구촌 나그네

갸름한 얼굴의 흑인 소녀와


흰색, 검은색, 재색의 털 고르게 입고
제 몸 보다 긴 꼬리 지닌
2~3년생 보통크기 친구.


아침이면 다가와 잘 다녀오라며
친절하게 인사하던 소녀와
후추 고양이의 부비고 뒹굴며
갖은 애교 다 부리는
움차나와 나쿠펜다 파카 후추(Msichana Nakupenda paka huchoo).


지난 8월 이마 땀방울 닦으며
대한민국 인천공항 비행기 트랩에 올라
동북아시아 대한민국을 떠나와 도착한
이역만리(異域萬里)대륙 아프리카
동인도양에 걸친 낯선 땅 탄자니아.


야자수 나무 위 떠 오른 달빛따라
그리운 얼굴들 시나브로 스치듯
흘러가는 구름에 몸서리 치도록
기나 긴 밤을 지새우며

지구촌 나그네와 온정 나누던

유일한 타국의 후추 소녀와 고양이 친구.


밤길 사막길 중에 길 잃어

쥔 장 찾아 거리를 방황할

아프리카 탄자니아

후추 소녀와 고양이를 찾습니다.


현상품은

싱싱하고 맛있는

아프리카 은디지(Ndizi, 바나나)한 다발.

— 김한글 교수의 詩 시 「후추를 찾습니다」 전문


　그러던 3일차 아침 숙소 입구에서 '야아옹—' 하는 소리가 들려 반갑게 뛰어나가 후추를 끌어안았다. 갑자기 눈시울이 뜨거워졌다.

　"후추야, 어디 다녀왔니? 후추야-후추야- 반갑다! 후추 소녀는?"

　"야오옹— 야오옹—!"

　끌어안고 배를 만져보니 만삭이던 후추가 배가 홀쭉하였다.

　"어? 새끼를 낳았구나? 음 잘했다. 어디에 낳았니?"

　"야오옹— 야오옹—!"

후추 배가 홀쭉하고 핼쓱해 보였다. 출산 직후라서 아직 양수가 흘러나오고 있어 휴지로 닦아주었다. 새끼 난 장소를 알아보기 위하여 뒤를 따라가기로 했다. 후추가 숙소 옆쪽으로 뒤를 따라갔더니 50미터 정도 떨어진 낡은 창고로 쏘옥 들어가는 게 아닌가? 그래서 살금살금 따라갔다. 그랬더니 후추 소녀가 갓난 아이를 안고 애처롭게 안고 있었다.

"아뿔싸……? 후추 소녀가 여기에서 아이와 고양이는 새끼를 낳았구나!"

창고 안을 들여다보니 고양이 새끼 네 마리가 옴실옴실거리며 어미품에 안겨 젖을 빨고 있었다. 앙징스런 새끼에게 젖을 빨리고 있는 후추 소녀와 고양이를 눈물이 핑- 돈다.

"아, 이 숭고한 축복받은 생명의 잉태! 여기에서 아이와 새끼를 낳다니? 이곳을 생각하지 못하고 며 칠 찾았구나? 생명의 잉태가 참 고결하구나! 후추 소녀, 고양이 수고했어요. 잘 했어요. 정상적인 아이와 새끼 분만을 축하합니다. 잘 키워야지요. 허허허—"

숙소 부근 여러 개의 창고 중에 후추 소녀와 고양이가 선택한 창고는 깊이나 외부 침입자로부터 보호받기 좋고, 사람의 손길을 피하는 곳으로서 안성맞춤한 최적의 분만실이었다. 아마도 후추 소녀와 고양이가 분만 전에 여러 개 창고를 미리 사전 조사하여 선택하였다는 지혜로움에 놀랐다.

이제 후추 소녀와 고양이 분만으로 김 교수가 바빠졌다. 후추 소녀 산모 영양음식과 물을 챙겨주고 아침과 저녁, 밤으로 수시로 들여다보며 보살폈다.

그러다가 안타까운 일이 생겼다. 후추 고양이가 낳은 새끼 중에 한 마리가 분만한지 3일만에 죽었다. 또 며칠 후 한밤중에 어느 큰 고양이가 숙소 앞에 있던 분만실을 습격하여 새끼 두 마리를 물었다. 한밤 중에 숙소 앞의 비명소리를 듣고 뛰어나갔으나 이미 큰 고양이는 사라진 뒤 였다.

약육강식(弱肉强食) 야생 세계의 섭리라지만 속상하고 안타까웠다. 후추 소녀는 가녀린 어깨를 들먹이며 훌쩍거렸다.

"흐으윽— 흐으윽—"

"울지말아요. 약육강식의 동물세계가 다 그렇다오."

밤사이 습격으로 한 마리는 그 자리에서 죽었다. 나머지 한 마리 검은 새끼는 머리와 어깨, 목을 물렸다. 어미젖도 먹지못하고 시름시름 보름정도 아파했다. 검은 새끼 고양이가가 아파 비실거리자 숙소 문을 잠그지 않고 창문에 모기장만 걸친 채 문을 열어놓았다. 지난번처럼 한밤중에 큰 고양이 습격이 있으면 뛰어나가려고 했다.

어젯밤 늦은 시간까지 머리와 목, 어깨까지 물린 까만 새끼가 꺼이이— 꺼이이— 울었다. 가끔 새끼들이 작은 소리로 짓기는 했지만 머리를 물린 검은 새끼 고양이 울음소리는 유난히 서럽고 처연하게 들렸다. 어미가 누워 품안에 우는 새끼를 끌어안은 안스러운 모습을 보니 마음이 아프다. 어미젖을 먹지 못하고 온몸이 쳐지는 것을 봤을 때 오늘밤을 못넘길 것 같았다.

사람이 죽을 때가 되면 스스로 알아차리고 유언이나 의상을 정 갈하게 갈아입고, 마음의 준비를 한다고 한다. 그러면 아프리카 야생 고양이 새끼도 스스로 생을 마칠 것을 알고 밤새 꺼이이-꺼 이이- 울었단 말인가? 어미 후추는 울부짖는 검은 고양이 새끼를 품안에 안고 넋놓고 바라보고 있었다! 옆에서 후추 소녀도 슬피 울었다.

"후추야 미안하다. 한국 같으면 동물병원에 가서 살리고 싶다만 이곳 아프리카에서는 어찌할 수 없구나. 생의 문턱에서 울부짖는 모습을 바라보아야 하니 참으로 맘이 아프구나!"

후추 소녀도 울고 있었다.

"흐으윽—흐으윽—"

김 교수는 생각했다.

'지난번 미스터 장이라는 한국인 엔지니어와 같이 살며 고양이 를 키우고 정이 들었을 터인데 얼마나 슬프랴!'

밤새 숙소 앞에서 꺼이이—꺼이이— 하는 검은 새끼의 처연한 울부짖는 그 소리는 김 교수의 가슴을 후비는 아픔이었다. 1시간 간격으로 숙소 문을 열고 파란박스 분만실을 들여다보아 확인하 며 잠을 설치었다.

아프리카 동인도양에 해가 뜨고 눈부신 하루를 여는 아침 숙소 문을 열고 후추 고양이 분만실을 먼저 살펴보았다. 예상처럼 검은 새끼는 한쪽으로 쓰러져 차디찬 몸이 되었다. 눈물을 글썽이며 검 은 새끼를 들어내었다.

후추 소녀는 죽은 고양이를 손수건으로 감싸 안고 숙소 뒤편 모래사막에 고히 묻어주었다. 그러면서 후추 소녀는 한없이 운다.

"음바야 음바야!(나쁘다 나쁘다)"

"죽음을 맞으려고 지난 밤새 꺼이이-꺼어이- 그리도 서럽게 울어댔구나. 소풍길 같은 이 세상에 잠깐 나왔다가 저 세상으로 이름없이 사라졌구나!"

문득 중국 초나라 황실보의 희곡 '서상기 성탄(西廂期 聖嘆)'의 내용이 생각난다.

"내가 언제 이 세상에 태어나라고 청했기에 무단히 나를 이 세상에 태어나게 했으며? 이왕 태어났으면 오래 머물게 하지? 왜 또 잠시 머무르게 하였으며 그동안에 눈에 보이고 귀에 들리는 것들은 또 이렇게 다정다감(多情多感)했느냐?"

아래는 밤사이 죽은 고양이 새끼를 보고 지은 시이다.


60여일 母體胎盤 영양을 공급받고
그리도 원했던 아름다운 세상나들이


그러나 이 세상 弱肉强食
험난한 세상


불과 며칠 살아보겠다고

어미젖 열심히 빨더니

지난밤
꺼이이- 꺼이이—

처연하게 어미품에서 울부짖더니
기어히 기억 저 편으로 사라졌느니

말없이 허망한 눈망울 껌벅거리며
가슴에 안고 바라보던
처연한 어미의 모습 잊을 수 없으리

한 순간 바람같은
소풍길 같은 세상나들이

가면 가고
오면 오는 것이려니—

이것이 어디 야생 동물세계 일뿐이랴?
우리네 삶도 같을 지리니
— 김한글 교수의 詩 「소풍길 같은 세상나들이」

김 교수와 후추 소녀가 살고 있는 샐베이숀(Salvation)숙소 거실에 부엌 씽크대와 옷장 설치공사로 인하여 10여일 인근 임시숙소로 옮겨줘야 할 일이 생겼다. 임시숙소로 안내해준 방을 가보니 한동안 사람이 살지 않았는지? 새끼 도마뱀이 벽에 붙어 다니고 아프리카 벌레들이 바닥을 기어 다니고 있었다. 이곳에서 잠자는 것이 불가능하여 깜깜한 밤중에 짐을 놔 둔 상태에서 몸만 빠져나와 전에 머물던 숙소로 가서 잠을 잤다.

허름한 창고 같은 임시숙소에 물이 나오지 않고 에어콘시설도 없었다. 아프리카 탄자니아는 한낮에 35도를 웃도는 더위로 인하여 가만히 서 있어도 땀이 주르륵— 흘러 하루에도 몇 번씩 빨래를 하고 옷을 갈아입어야 한다. 한국과 같은 35도라도 이곳 남극은 적도 근처라서 태양이 가마솥처럼 뜨겁다. 학교의 오전 2시간 강의와 다시 오후 2시간 강의 후 저녁 때 샤워와 세탁을 하지 않으면 안되는 무더운 나라이다.

샐베이숀 숙소 사무실에서 안내해주는 임시숙소 몇 군데를 가보아도 비슷하였다. 이러는 과정에서 낯선 스와힐리어와 영어를 섞어 손짓, 몸짓으로 언어전달이 안되어 주변 동료단원중에 영어를 잘 하는 분이 있어 통역협조를 받았다. 그러나 동료 단원들도 그들의 일정이 있어 지속적인 도움을 받을 수 없었다. 땀이 온 몸에 주르륵 흘히며 임시숙소 몇 군 데 보던 중에 물이 나오고 에어콘시설이 있는 허름한 임시숙소를 찾았으나 이곳도 역시 사람이 살지 않았는지 새끼 도마뱀이 벽을 타고 다니고 벌레가 있었다.

침대도 부서져 있었고 특히 모기가 득실거렸다.

주말에 학교 근처 변두리 산 밑에 숙소를 찾아가 보았다. 4층에 20여 개의 숙소를 종교단체에서 운영하고 있었다. 카운터 옆 거실에서 흑백 TV가 나오는데 한국의 드라마 '주몽'이 나오고 있었다. 카운터에서 묻는다.

"어디에서 오셨어요?"

"네, 저 TV속 드라마 주몽의 나라 Korea에서 왔어요."

"아, 정말이세요? 반가워요. Welcome to Korea Karibu!"

"Asante Sana!"

낯선 나라 시골 거실의 흑백TV에서 나오는 한국드라마 '주몽' 하나로 환영을 받는나라 대한민국이었다. 이뿐이 아니었다. 길가 상가와 사무실 벽에 붙어있는 LG 에어콘, 거리에 걸려있는 삼성 마크, 길거리 학생들이 핸드폰은 삼성이 아니면, SK, LG제품이었다. 대한민국을 전 세계 10위권으로 끌어올린 것은 대기업의 역할이 크다고 생각했다.

"이역만리 먼 나라에 까지 대한민국 국민의 긍지와 자부심을 심어주어 고맙습니다. 자랑스럽습니다! Korea 만세, 만만세!"

숙소에 돌아와 청소를 하고 있었다.

"아차, 저 도마뱀이 또 벽을 타고 기어가네?"

순간 도마뱀 한 마리가 벽을 기어가고 있었다. 이를 잡기 위하여 빗자루를 드는 사이 녀석은 창문 어디론가 사라져 갔다. 또 저 만치 기이하고 큰 새까만 벌레가 바닥을 기어가고 있다. 오호라,

통제여 이를 어찌하란 말인가? 열악한 환경속에서 이곳 사람들이 약속을 지키고 않고 외국의 도움에 집착하는 것을 보면서 회의가 일어나기 시작했다. 먹고 살기위하여 돈 벌러 온 것도 아닌데 이런 환경속에서 머물러야 하는지? 밤을 세우며 고민에 고민을 거듭했다.

김 교수가 탄자니아에 온지 몇달이 흘렀다. 세월이 빠르다는 것을 체감하면서 숙소에서 혼자 외롭게 혼자 살던 동북아시아 한국인에게 근래 후추 소녀와 후추 고양이가 있어 든든했다. 매일 아침 6시 일어나 궁금하여 출입문을 열어보면 숙소 입구에 쭈그리고 앉아 잠을 자고 있다. 반가운 맘에 먹이를 주려고 밖에 나가면 발목에 감기고 뒹굴며 갖은 애교를 다 부리는 것이다. 간 밤에 얼마나 배고플까 싶어 먹이를 주변 금방 다 먹는다. 이곳 아프리카 넓은 광야를 떠돌아 다녀봐야 먹을 것이 없는 것인지 허기진 모습이다.

아침 학교 출근길 나가며 후추 소녀와 고양이에게 인사를 한다.

"집 잘 지키고 있어요. 다녀올께요. 이따 저녁 때 만나요."

"하바리자 아수부히!"

"야아옹── 야아옹──"

김 교수가 학교에 가는 것을 아는지? 야생 고양이 '후추'는 물끄러미 바라보고 있다. 김 교수가 없는 사이에 다른 곳으로 이동하는지 보고 싶어 저만치 갔다가 살며시 되돌아와 보면 숙소 앞 입구에 쭈그리고 앉아있는 게 아닌가? 그리고 저녁 때 학교에서 마치고 돌아오면 숙소 출입구에 있던지, 아니면 어디 다녀왔다가 돌아와 야아옹─야아옹─ 하며 반기는 것이다. 그리고 한밤중에 다른데 갔나 싶어 출입문을 살짝 열어 확인해 보면 그 자리에 그 대로 쭈그리고 앉아 자리를 지키고 있는 것이다.

오늘 아침에도 후추 소녀가 빵과 햄소세지를 주었더니 아주 맛있게 먹었다. 그 때 어디서 냄새를 맡았는지 이웃 고양이가 먹이를 빼앗으려하자 으르렁거리며 싸울 태세를 하기에 소리를 지르며 내쫓아주자 고맙다는듯 맘 편안히 먹고 있었다.

타국 생활에서의 외로움을 달래느라고 한국의 가족들과 카톡방과 밴드방에 수시로 이런 저런 이야기를 나눈다. 여기에 아프리카 흑인소녀와 고양이이야기를 하며 아까운 햄소세지를 못먹고 먹이로 준다고 했더니 이렇게 말한다.

"타국에서 혼자 라면에 간단히 찬밥 말아드시는데 영양 보충으로 햄쏘세지를 후추 소녀와 고양이에게 주지말고 드세요?"

"후추 소녀도 먹고 살려고 낯선 이방인 나에게 붙어있는데 아까워도 주어야지. 이 너른 사막에서 이 맛난 것을 얻어먹을까?"

"그래도 고국 외무부에서 멀리 타국에서 국위선양을 위하여 애쓰신다고 격려품을 보낸 것인데 맛있게 드셔야지요?"

"그렇기는 하지만, 매일 숙소의 후추 소녀와 고양이가 있는 이 친구가 있어 타국에서의 외로움이 조금 위안이 된단다. 특히 고국의 강아지 '후추' 생각에 이곳 아프리카 야생 고양이에게도 '후추' 라고 이름까지 붙여 이뻐하고 있는데 혼자 숙소에서 밥을 먹을 수 있어야지……"

그러나 고국의 김 교수 가족들은 반대한다.

"유난히 정이 많아 동물을 이뻐하니까 말릴 수 는 없지만, 문제
는 그 야생 고양이가 언제까지 같이 있을지 모르지만 내년 귀국할
때 까지 같이 있으며 정들면 어찌하시려고요?"

"오호라, 통제여! 그것도 문제로구나……?

주변 선배분들이 해외에서 혼자 살며 외로워 강아지나 고양이
를 키우다 임기만료 귀국시 정을 못 떼어 고민을 한다는 이야기를
들었다. 아, 그럼 어쩌란 말인가? 타국에서 외로움에 벌써 정이
들어가는데? 숙소 앞을 떠나지 않고 낯선 동양인인 나를 기다리
는 야생 고양이 '후추' 친구를 어찌하란 말인가?

지금의 숙소에 싱크대와 옷장 공사로 인하여 300미터 정도 떨
어진 임시숙소로 가방을 옮기며 야생 고양이를 시장바구니에 집
어넣어 옮기려고 했더니 야생 고양이 후추가 다시 기어나오는 것
이다. 그래서 후추 소녀의 도움으로 가방에 넣어 옮기려고 했는데
다시 기어 나온다. 이러기를 몇 번 반복하며 난감해하는 사이에
지나가는 흑인 젊은 친구 둘이 물끄러미 바라본다. 고양이를 훔치
는 도둑으로 보았는지 눈을 크게 뜨고 지켜본다. 후추 소녀가 그
들에게 설명을 했다.

"이 숙소 공사로 인하여 잠시 임시숙소로 이 고양이를 데려가
밥을 주어야 하는데 말을 안 듣네요?"

"……!?"

"이 가방짐이 있어 그러니 이 고양이를 안아 데려다 주세요."

이를 이해한 흑인 젊은이가 덥석 고양이를 가슴에 안더니 임기 숙소까지 데려다 준다. 다행이 녀석은 그곳이 자기집인줄 알고 전 숙소와 똑같이 출입구에 앉아 자리를 잡는다.

'오호라, 이 친구 야생 고양이를 사랑하는 덕분에 아프리카 고양이 도독으로 몰릴뻔했네. 허어엇―허어엇―'

아프리카 후추 소녀와 고양이 만남은 지구촌 70억 인류의 만남과 같은 속살 깊은 인연이다. 본디 인간이 이 세상에서 사는 것은 별이 하늘에 있는 것과 같은 것이라고 한다. 별들이 저마다 규정된 궤도에서 서로 만나고 또 헤어지는 존재이다. 또한 저 높은 산중의 자연에 안기듯, 저 깊은 물속 밑바닥까지 인연의 끈은 이어진다. 인연을 맺는 것은 사고(思考)요, 사고를 통하여 감각현상은 인식되어 진다. 그 본질적인 만남 속에서 빛날 수 있는 인연은 분명 별들만큼이나 소중한 만남이다. 아프리카 야생 고양이 '후추'와 만남처럼……!


저 멀리

아주 머언, 이역만리(異域萬里)

동북아시아 한국에서

낯선 아프리카 탄자니아

이방인을 찾아온 그대는 뉘란 말인가?

후추 소녀와 야아옹 고양이


숙소 출입구 떠나지 않고
주인장 오 갈 데 졸 졸 졸—
인사하고 몸을 부비며 애교 떠는
그대는 도대체 뉘란 말인가?


그간 검은 얼굴에 흰 이 드러내며
스와힐리어를 이야기하던 이웃에 비하며
말도 안 통하고 통역도 없이 말하는
이방인을 왜 그리 따라다니는고오?


1443년 대한민국 세종대왕이 창제하신
21세기 세계의 알파벳 한국어로 말하는
동양인 어디가 그리좋아
다정다감하게 시나브로 다가와
낯선 나그네의 외로움을 덜어준단 말인가?


이러다 우리 둘이 정이 옴팍들어
내년 귀국길 서러움 어찌라고!
다정(多情) 병(病)인지라
정이 아니들고 엇나길 길은 없는고오?

그래, 어쩌란 말인가?
낯선 이방인을 졸졸졸—
그대가 좋고 내가 좋은 것을
어쩌란 말이냐?
— 김한글 교수의 시 「어쩌라고?」 전문


밤새 비가 왔다. 이른 아침에 숙소 문을 열자 아프리카 야생 고양이 '후추'가 반가움에 김 교수 발목에 다리에 몸을 부비며 애교를 떤다. 또한 후추 소녀를 갓난 아이를 안고 젖을 먹이는 모습이 얼마나 아름다우며 경건한가! 그 아이는 다름 아닌 한국의 '미스터 장'이란 사람의 아이. 즉, 한민족의 피가 흐르고 있는 아이가 아닌가!

이른바 한국 남자와 아프리카 탄자니아 여성이 낳은 아이 '코토(Korea+Mtoto 아이)'를 눈 앞에서 만나는 것이다. 지난 1960년~1975년 인도차이나전쟁으로 불리는 베트남 전쟁에서 한국군과 베트남 여성 사이에 태어난 아이를 '라이따이한(Lai Daihan)'이라고 불린다. 현재 라이따이한은 1~3세로 이어져 3~5만여 명으로 추산된다. 또한 한국경제가 어려웠던 지난 IMF 때 한국의 남자들이 중국 연변으로 몰려가 조선족 여성과 만나 태어난 '한궈쓰성츠(韓國私生兒)'가 1만여 명이 중국 대륙을 떠돌고 있다고 한다. 어디 이 뿐인가? 필리핀에 가면 한국인 남성과 필리핀 현지 여성 사이에 태어난 코피노(Kopino)가 3만여 명에 이른다고 한다.

김 교수는 답답한 마음에 후추 소녀를 안고 있는 '코토토 (Korea+Mtoto 아이)'를 바라보았다.


한편, 후추 고양이가 바로 옆 숙소 일본 자이카(Jica) 봉사단원 한테 가서 그의 다리에 부비며 애교를 떠는 게 아닌가?

"아니, 이 녀석이? 일편단심 민들레가 아니었네……? 나만 따르고 좋아하는 줄 알았는데……?"

잠시 생각이 들었다. 일본 자이카 봉사단원 다리에 애교를 떠는 아프리카 야생 고양이가 귀여워 먹이를 주었을 것이다. 그래서 그를 따르는 것이라고 생각했다. 잠시이지만 김 교수가 욕심을 부렸다는 생각이 들었다.

'내가 아프리카 야생 고양이를 안지가 얼마나 되었다고 내 고양이라고 생각했을까? 자신이 살기 위하여 먹이를 주면 누구에게라도 따르는 것이 생존을 위한 생명체가 아닐까!'

아프리카 야생 고양이 '후추'를 보면서 문득, '반면교사(反面敎師)'와 '타산지석(他山之石)'이란 말이 생각이 났다.

반면교사는 다른 사람이나 사물의 부정적인 측면에서 가르침을 얻는다는 뜻이다. 이 말은 1960년대 중국 문화대혁명 때 '마오쩌둥'이 처음 사용했다. 상대의 부정적인 것을 보고 긍정적으로 개선 할 때 그 부정적인 면을 반면교사라고 한다.

또 타산지석도 비슷한 말이다. 다른 산의 거칠고 나쁜 돌이라도 숫돌로 갈아쓰면 자신에게 옥(玉)이 된다는 뜻이다. 즉, 하찮은 다른 경우의 언행(言行)이라도 잘 활용하면 자신의 지덕(智德)을 닦는데 도움이 된다는 뜻이다. 이 말은 중국 시경(詩經) '소아편 학명(鶴鳴)'에 나오는 글이다.

요컨대, 아프리카 야생 고양이도 살기 위해서는 일편단심 민들레가 아니듯이 한국을 대표하여 자원봉사를 온 것이 아닌가? 자원봉사(自願奉仕, Volunteer work)는 스스로 국가나 사회 또는 타인을 위해서 자신의 이해를 돌보지 않고 대가없이 몸과 마음을 헌신하는 일이 아니던가! 더욱 대한민국을 대표하는 외무부 소속 봉사단원이 아닌가? 전 세계 개발도상국에 ODA 분야로 자원봉사를 나왔으면 다소 불편하더라도 헌신해야 한다는 생각이 들었다.

"여기 대접받으려고 온 것이 아니고 봉사하러 온 것이 아닌가? 까짓 죽기 아니면 살기로 부딪쳐 보자. 피하지 못할 바엔 즐기자. 여기서부터 자원봉사는 시작이다!"

평소 어떤 사안을 두고 고민을 하다가 옳다 싶은 생각이 들면 마치 전광석화(電光石火)와 같이 빠르게 움직여 실천을 하는 성격이다. 즉시 샐베이션 사무실을 찾아갔다.

"다소 불편하더라고 임시숙소를 그냥 사용할께요. 방 키를 이리 주세요!"

"Asante sana. Korea Daktari kim!(고맙습니다. 닥터 김)"

그러자 그간 숙소문제로 애를 태우던 숙소 시설 담당자 코일렛(Koiles)이가 팔을 높이들고 악수를 청하며 웃는다.

"Korea Daktari kim, sawa!(닥터 김, 잘 했어요)"

"Koiles rafiki nakuamini!(코일렛 친구 당신을 믿어요)!"

임시숙소로 가방을 옮기고 한동안 사람이 살지않은 듯 거미줄과 부서진 침대, 낡은 가구 등을 보며 창문을 열고 맨 발에 손 발걸어 부치고 물청소를 했다. 그리고 홈키파 3개에 27,000실링 거금을 주고 구입하여 숙소 내부에 뿌렸더니 2개가 사용되었다. 나중에 빗자루로 쓸어보니 모기가 몇 백 마리가 약에 취하여 죽어나왔다. 저 모기에게 물었다면 댕기열이나 말라리아병에 걸려 아마도 SOS에 의하여 이송 귀국했을지도 모른다고 생각하니 끔찍했다.

오후 임시숙소를 대청소하고 땀으로 얼룩진 옷을 벗어 세탁하고 샤워를 마치니 밤 8시이다. 배가 고프다. 고국 외무부에서 보낸 추석 격려품 중에 쫄면을 끓여서 후추 소녀와 같이 후루룩― 후루룩― 먹었다.

또 인근 두카(Duka)에서 사온 맥주와 양주를 섞어 한 잔 쭈우욱― 마셨다. 오후 내내 땀에 절어 청소하며 속울음과 하소연으로 허기진 내장에 독한 술기운이 퍼지며 깊은 심연에 빠졌다.

"오늘 낡은 창고같은 임시숙소를 물청소, 도마뱀 쫓기, 벌레잡기, 모기잡이 등 이것이 아프리카에서의 자원봉사 실천이 아닐까! 내 인생에 가장 소중하고 찬란한 보람된 이 시간, 이 자리는 이 세상 무엇보다도 가치있는 일 일 것이다!"

더불어 다 함께 지구촌 70억 인류공영을 위한 세계의 모든 친구들(World Friends Korea)은 그 힘찬 기치를 내걸고 문화교류 매개자로 나섰다. 오늘도 지구촌 개발도상국 경제사회 발전지원과 지식공유, 지역사회변화, 새로운 도전, 국제우호협력, 자원봉사자(Kujitolea)로서 빗자루를 들고 청소를 했다. 본디 자원봉사라는 것이 거창한 것이 아니고 눈에 보이는 것, 손에 잡히는 일을 위하여 나를 내려놓고 헌신하는 것 아니던가?

탄자니아에 와서 살면서 언어와 문화가 낯선 땅에 와서 겪는 괴리감과 어려움이 많았다. 학교와 숙소는 다행히 가까운 곳에 있었다. 이 나라는 남극 적도에 있어 1년 365일 35도의 무더위와 바람, 모래, 흙먼지로 주변이 뿌옇다. 가만히 서 있어도 땀이 주르륵 주르륵—. 한국보다 햇빛이 몇 배 무더운 가마솥 더위이다.

# 타국에서의 서러운 삶

2019년 9월 13일(금) 추석 명절이다. 김 교수는 1년에 한 번 있는 고국의 추석명절이다. 숙소의 야자수 위로 휘영청 뜬 추석 보름달을 보았다.

"지금 저 달을 고국의 가족들과 지인들도 보고 있겠지. 아암, 그렇고 말고……"

고국의 가족들과 이쁜 강아지 '후추' 생각에 울적하여 노트북 저장된 대한민국 최고에 트롯 가객(歌客) 나훈아의 '고향으로 가는 배'라는 노래를 크게 틀어놓고 서룸에 젖어 서툰 솜씨로 청바지에 비누칠을 하며 박- 박- 문질렀다. 너무 힘 준 탓인지 아프기는 손 등이나 청바지나 마찬가지였다. 지금쯤 가족들과 지인들은 무르익은 오곡백과와 산해진미(山海珍味)를 두루 맛보며 송편과 막걸리를 마시겠지. 가족이야기, 자손들 장가와 시집가는 이야기와 세상사는 이야기를 꽃 피우며 밤을 하얗게 보내겠지.

김 교수는 후추 소녀와 고양이와 함께 네 가족이 야자수 나무 위로 뜬 추석 보름달을 보았다. 쟁반에 받쳐놓은 바나나와 파인애플로 군것질을 하고 있었다. 길을 지나는 숙소내 흑인들이 낯선 동양인과 후추 소녀, 고양이 네 가족을 보고 인사를 한다.

"Habari za jioni?"

"Asante sana!"


무거운 발길따라 야자수 나무 위에 뜬 달이 같이 가자며 숙소 앞 빨래줄 까지 따라온다. 그만 오라며 손사래를 쳐도 숙소 안까지 달그림자 되어 따라온다. 울적한 맘에 창 밖 달을 보며 지난 일을 생각해 보았다. 지난 8월 고국을 떠나올 때 주변에서는 아프리카 출국을 말렸다.

"그냥 가만이 있어도 될 터인데? 돈 벌러가는 것도 아닌데, 왜 그 나이에 사서 고생하는지 모르겠네요?"

그래서 이렇게 답변을 했다.

"그간 국가와 사회로 부터 융숭한 대접을 받았으니 이제 국가와 사회에 환원을 해야지요!"

"……!?"

6.25 전쟁 때 한국에 온 미국 '맥아더 장군' 은 우리나라의 게으름과 궁핍, 피폐함을 보고 이렇게 말했다.

"이 나라는 100년이 지나도 발전이 없을 것이다?"

대한민국을 침략하여 36년간 식민지로 지배하던 '이토히로무비 총독' 도 비슷한 말을 했다.

"조센징은 아마도 100년이 지나도 이 모양 이 턱일 것이다. 그래서 우리가 잘 살도록 돕기 위하여 전 세계 대동아공영권을 행사하는 것이다!"

불과 100년도 안된 지금 대한민국 위상은 어떠한가? 전 세계 10위권 선진대국이 되어 전 세계를 누비며 각 분야 한국인 물결로 5대양 6대주에 태극기를 꽂고 있다. 지금은 변화무쌍하게 급변하는 가파른 21세기이다. 전 세계 각국은 자원봉사단을 꾸려 개발도상국을 꾸준히 지원하고 있다. 그 중에 미국 '피스코'와 일본의 '자이카', 한국의 '코이카'의 활동이 두드러진다.

미국의 평화봉사단(피스코, PEACE Corps)은 1961년 창립하여 전 세계 140여 개국에 22만여 명을 파견하여 지구촌 한가족으로 같이 잘 살도록 개발도상국을 지원하고 있다.

일본 자이카봉사단(자이카, JICA Overseas Cooperation Volunteers)은 1974년 출범하여 ODA(개발원조)를 활발히 운영하며 전 세계 97개국에 10여만명을 파견하여 1조엔 이상 재정을 무상지원하고 있다.

대한민국은 외교부 산하에 1991년 한국봉사단(월드프렌즈코리아, KOICA, World Friends Korea)을 창립하여 전 세계에 많은 자원봉사단을 파견하여 각국별 프로젝트(건물, 시설물, S/W)와 개발도상국의 제도, 기술, 역량을 강화하고 있다. 따라서 2019년 6월 강원도 영월에서 기본교육을 마치고 대한민국 코이카 135기 봉사단을 출범하여 큰 물결로 지구촌 중남미와 아프리카 등에 72명의 단원(한국어교육, 정보통신, 사회복지, 체육, 보건위생, 태권도, 요리 등)을 연수과정을 거쳐 다양한 분야의 다부진 태극전사를 8월 파견하였다.

원조를 받던 나라에서 이제는 개발도상국에 원조를 하는 자랑스런 대한민국. 우리의 자원봉사자들이 파견되어 지구촌 70억 인류 우리 모두 친구들(World Friends Korea)이라는 힘찬 기치를 내걸고 문화교류 매개자로써 오늘도 지구촌 개발도상국 경제사회 발전지원과 지식공유, 지역사회변화, 새로운 도전, 국제우호협력 자원봉사(Kujitolea)의 구두끈을 힘차게 매고 거친 숨을 몰아쉬며 달리고 있다.

그 일원으로 김한글 교수는 '한국어교원'이라는 이름표를 보부도 당당히 달고 55개국 12억 명이 거주하는 아프리카 대륙에 대한민국 태극기를 들고 개발도상국 탄자니아에 왔다. 세종대왕이 창제한 자랑스런 한국어를 국위선양하기 위하여 오늘 추석명절 고국을 그리며 애꿎은 손빨래를 부비며 서름을 달래고 있는 것이다. 야자수 나무 위로 뜬 보름달이 힘찬 기운으로 창가에 시나브로 다가와 메시지를 전한다.


"For a better tomorrow for all!(보다 더 나은 내일을 만들려면 나눔의 자세로 즐겨라!)"

"A better world sharing and lerrning!(나눔과 배움을 통한 인류의 공동번영!)"

"Life is calling. How far will I you go?(인생은 부름을 받는 것. 어디까지 함께 가실래요?)"


김 교수는 한국인 남자와 흑인소녀 사이에 태어난 아이는 '코토토(Korea＋Mtoto 아이)'를 바아보았다. 반은 한국인, 반은 흑인을 닮아 예뻤다. 김 교수는 이들을 무척 아끼고 챙겨주었다.

　김 교수는 한 주간의 강의를 마치고 주말 빨래하며 어머니를 그리고 눈물을 흘렸다. 수양산 그늘 강동 팔 십 리를 덮듯 오늘따라 어머니 모습이 아프리카 저 높은 하늘가에 흘러가는 구름따라 보일듯 말듯하다. 숙소에서 침대보와 베갯포, 이불 등 큰 빨래를 했다. 난생처음 큰 빨래를 해본다. 어렸을 때 어머님이 빨래감을 광주리에 이고 우물가를 가면 따라가서 바지 끝을 걷고 꾹-꾹- 밟던 기억이 난다.

　오늘 큰 빨래를 맨 발로 밟으며 눈물을 빨랫물만큼 흘렸다. 빨래줄에 널으며 마침 해맑은 아프리카 하늘가에 흘러가는 구름 곁에 어머니 모습이 어른거려 눈물이 앞을 가려 빨래를 널지 못했다. 바닥에 쭈그리고 앉아 퍽-퍽- 울었다.

　"한 번이라도 좋으니 꿈결에 나타나시어 제 손을 꼬옥 잡고 한 말씀만 해주세요. 어머니!"

　"그려 한글아. 니가 우리 7남매 중에 별충나서 저 멀리 아프리카 뱅기타고 날아 갔응게. 고생이 되드라두 좀 참고 있어라이. 그러다 보믄 좋은 날도 있을 것잉게 말이여!"

　"예, 어무니. 지가 선택하여 온 길 입다. 힘들더라도 견디어 볼께요. 우리 어무니 호호옥—"

　그동안 집에서 가끔 손수건과 양발 정도만 빨았지 이렇게 많이 빨래를 해보기는 60년 만에 처음이다. 지난 어렸을 때 어머니는 종 종 머리에 광주리를 이고 동네 우물가에 나가며 이렇게 말씀을 하시었다.

"한글아, 우물가 빨래를 꾹 꾹 밟아잉. 그려야 땟국물이 쭈욱 빠징게 알었지잉?"

"예 어무니!"

부모님도 한글을 좋아하여 자식을 김한글로 지어주셨다. 시골 빨래는 이불보와 농사짓다 묻은 옷과 베갯포 등 빨래가 많아 연약한 어머니 손으로 빨래하기에는 턱없이 부족하여 발로 밟아야 한다. 아랫바지 끝을 걷어올리고 그야말로 꾹-꾹- 밟아주어야 때가 없어졌다.

며칠 전 까지 아프리카 탄자니아 샐베이숀 허름한 창고 같은 임시숙소에서 도마뱀과 아프리카 시커먼 벌레, 모기 등과 동거동락하며 힘겨운 생활을 했다. 창고를 청소하며 서룬맘에 울기도 했다. 요즘 어렵고 힘들 때면 그리운 어머니가 더욱 보고 싶어 사무칠 정도이다.

지난 충청도 서천 시골에서 작은 농사채에 7남매와 부모님 등 9식구가 작은 초가(草家)에 옹기종기 먹고살기 힘들던 그 때 그 시절. 어머니는 생계해결을 위하여 광주리를 이고 사과장사를 시작하셨다. 그 무거운 사과를 어머니는 광주리에 이고, 아버지는 리어카나 등짐을 메시고 서천장, 장항장, 질매장, 비인장, 판교장 등 5일장을 떠도시었지요. 어디 그 뿐인가?

매년 가을 학교운동회 날은 서남국민학교, 송석국민학교, 장선국민학교, 마동국민학교와 읍내 서천중학교 등을 다니며 사과를 파시었다. 또는 추석날 즈음하여 이 동네, 저 동네를 광주리와 등짐을 메고 부모님은 배고파 쑤욱 들어간 배를 움켜쥐시고 소리를 지르고 하시었다.

"맛있는 사과들 사셔유──, 맛있는 사과들 사셔유──"

서천읍내 장날이면 학교 끝나 어머니한테 들르면 가까운 국말이집에 데려갔다.

"아짐씨, 우리 아덜인디. 국말이 한 그릇 꾹꾹 눌러 말아줘유─"

"그려, 이 놈이 아덜여? 잘 멕일텅게 이따 파장되믄 맛난 사과나 갖다주어유잉─?"

"그려 음려 말구. 우리 아덜 국말이나 꾹꾹 눌러 말아주더랑게."

학교 끝나 친구들과 시장에 들르면 어머니가 장마장에서 사과를 파는 모습이 창피하여 다른 곳으로 돌아가던 철없는 시절도 있었다.

장마당을 지나가는 사람들 치마와 바지 끝을 잡으며 사정사정하여 사과를 팔은 돈은 다음날 학교에 낼 돈이라며 핑계를 대며 돈을 가져간 억지 아들. 더러는 여동생 '숙이'를 앞세워 거짓말로 돈을 달라고 하면 어머니는 꼬깃꼬깃한 돈을 내어주든지, 돈이 없으면 뒷집 순환네 가서 꾸어서 주시며 이렇게 말씀하셨다.

"내가 은행이냐? 뭔 놈이 돈이 그렇게 학교에 들어간디여?"

"예, 오-오늘 꼭 내야 헌당게요. 숙이헌티 물어보셔유?"

이렇듯 학교를 다니며 거짓말로 돈을 받아 학교 끝나면 친구들과 빵집으로 다니며 군것질을 하곤 했다.

"그야말로 철없는 자식의 불효막심함에 땅을 치며 엎드리어 사죄를 올립니다. 어머니 죄송합니다. 불효자식을 용서하여 주세요."

입에 풀칠하기 힘들던 시절 어머니는 사과장사하시어 우리 7남매를 학교에 보내 공부를 시키셨다. 늘 하시던 말씀은 이러셨다.

"애들 글이라도 눈은 뜨게 해주어야 후제 즈덜 밥그릇 해결헐텅게. 가르치야 혀. 아암 가르치야고 말구―!"

이렇게 7남매를 잘 성장시켜 시집 장가를 보내셨다. 그러나 이제는 7남매도 나이가 들어 병마에 시달리며 전국 곳곳에 흩어져 살고 있다.

장녀 큰 누나는 80세가 할머니가 되어 허리와 다리를 절며 서울 강북에서 조카들과 살며 고생하시고, 형님은 2013년 작고하시어 고향 서천 선산에 모셨으며 서울 도봉동에서 형수님이 조카들과 어렵게 사시고, 둘째 누나는 서울 강남에서 일찍 매형 여의시고 혼자 역시 병마에 고생하신다.

이어 둘째 아들인 김한글 교수는 현재 멀리 아프리카 탄자니아 국립대학에 한국어학과 교수로 활동하고 있고, 바로 아래 여동생은 경기 수원에 교육직을 퇴직한 매제와 살며 다리가 아파 고생한다. 또한 남동생은 오랫동안 축협에 봉직하다가 중도 퇴직하고 사업을 다가가 현재 대전에서 소방서 다니는 딸과 소일거리를 찾아 노력하고 있으며, 막내 여동생은 충남 예산에서 공직에서 퇴직한 매제와 함께 천식으로 고생하며 살고 있다.

"아버지! 어머니! 아무리 불러도 부담이 없고 하염없이 그리운 이름입니다. 이역만리(異域萬里) 머나먼 땅 아프리카 탄자니아까지 날아와 60년만에 처음해보는 빨래를 하며 아버지, 어머니 이름을 불러봅니다. 한 번 만이라도 좋으니 꿈에 나타나시어 제 손을 잡고 용기를 주세요. 꼭 부탁입니다."

"한글아, 쪼매 힘들더라도 잘 견디어 임기 마치고 건강한 모습으로 건강히 돌아오너라잉!"

"예, 아버님, 어머님 잘 알겠습니다. 이를 악물고 견디다 돌아가겠습니다. 고맙습니다."

김 교수는 큰 빨래하며 오늘따라 아버지, 어머니를 그리며 눈물을 흘린다. 저 높은 하늘가에 흘러가는 구름따라 모습이 보일 듯 말듯하다. 김 교수의 어머니께서 살아생전 늘 하시던 말씀 '수양산 그늘이 강동 팔 십 리를 덮는다.(首陽山陰 江東八十里)'는 이 말씀이 정말 이역만리(異域萬里) 아프리카에 까지 날아 온 것 같았다.

아프리카 동인도양에서 뜬 햇살이 숙소 앞 나뭇가지 사이로 힘차게 떠오른다. 참새 떼와 까마귀들이 저 마다 새 아침을 맞아 지저귀며 싱그러운 소리로 하루를 열고 있다. 늘 아침이면 숙소 문 앞에서 쭈그리고 앉아있는 아프리카 야생 고양이 '후추'가 밥을 달란다. 쏘세지와 식빵을 주니 잘 먹는다. 새끼를 밴지 1달이 지났다. 조만간 분만 할 예정이니 먹이를 예전보다 더 먹는다.

지금 아프리카 탄자니아 계절은 봄날. 봄이라고 하지만 1년 내내 낮에는 30도 밤에는 습도가 후덥지근한 열대성기후이다. 한국과 같은 30도이지만 이곳은 남극 적도 근처라서 가마솥 더위로 무덥다. 태양도 한국보다 몇 배 뜨거워 자리에 가만히 서 있어도 땀이 주르륵 흐른다.

직사광선을 피하기 위하여 썬그림을 바르고 있는데 저만치 새끼 도마뱀이 쪼르륵 벽을 타고 이동한다. 빠르게 다가가 에프킬러를 뿌렸다. 그러자 쏜살같이 어디론지 사라져 버린다. 잠시 후 도마뱀이 에프킬러에 취하여 비틀거리며 바닥을 긴다.

오늘은 숙소에서 3km정도 거리에 있는 '테메케(Temeke)시장 나들이'를 간다. 이곳 시장물건을 사는데 혹시 지난번처럼 바가지요금의 어려움을 예상하고 한국어를 공부하는 학생과 같이 가기로 약속했으나 연락두절로 결렬되었다. 이 나라 사람들의 약속에 대한 신의가 없음을 다시 실감을 했다.

지난주 테메케 시장에 갔다가 탄자니아 전통옷감을 파는 가게를 지나다가 보았는데 가족 생각이 났다. 가족들에게 언제 옷을 사주었던가? 기억이 없다. 가장으로서 따스하게 보듬지 못한 것 같아 미안한 생각이 들었다. 또한 위로 누나 두 분과 여동생 둘, 형수씨와 제수씨가 있는데 한 번이라도 옷을 사준 적이 있는가? 과연 형제로서 우애(友愛)가 있었는지 스스로 못남을 자책했다. 문득 미국의 교육자 '워싱턴 어빙'의 말이 생각난다.

"내 집이 이 세상에서 가장 따뜻한 보금자리라는 인상을 가족에게 줄 수 있는 어버이는 훌륭한 부모이다. 가족이 자기 집을 따뜻한 곳으로 알지 못한다면 그것은 어버이의 잘못이며, 부족함이 있다는 것이다."

숙소에서 테메케 시장까지는 3km정도인데 평소 걷는 것을 좋아하여 주변을 구경하면서 걷기로 했다. 그러나 이곳은 한국처럼 꽃길이 있고 단정하게 정리된 도로가 아니다. 오가는 대형트럭의 먼지와 매연, 수시로 울리는 정적으로 소란스럽고, 도로 아래 하천은 까아만 폐수와 희뿌연 생활용수로 지저분하다. 어수선한 주변 환경과 다양한 검은 민족들의 군상을 보면서 걸었다.

길거리에는 바나나를 파는 사람, 구걸하는 걸인들, 색이 변한 타이어를 걸어 논 가게, 간이식당 등이 즐비하게 늘어서 있다. 테메케 시장에 들어서자 지난번 눈여겨 본 전통옷감을 파는 가게가 보인다.

아프리카의 전통옷감 캉가(Kanga)와 키텡게(Kitenge)는 우리나라 한복과 같은 전통옷으로서 화려한 색깔과 문양이 특징이다. 캉가는 원래 반투족의 전통옷이다. 탄자니아 부족의 95%가 반투족이다보니 자연스럽게 캉가와 키텡게 전통옷이 자리를 잡았다. 캉가는 현란한 열대의 문양과 색감을 가지고 있다. 주로 여자들이 두르고 다니는 옷이다. 키텡게 보다는 조금 더 얇은 편이고 허리나 가슴 쪽에 묶어서 입는다.

한 낮에 더울 땐 얼굴 가리개로 쓰고, 아이를 업을 때 보자기로 쓰고, 잔디밭에 앉을 때는 돗자리로 깔고 앉으며, 이슬람 문화영향으로 얼굴을 가리기는 등 아주 다양한 용도로 쓰인다. 캉가는 무늬를 염색하고 아랫단 부분에 스와힐리어 속담이나 여러가지 문구들을 채색한다. 키텡게도 반투족의 전통옷인데 캉가보다 값이 비싸고 조금 더 고급스럽다. 두께는 조금 더 두껍고, 무늬는 대부분 크고 색깔이 다양하여 화려하다.

가게에서 홈드레스와 옷감을 골라 할인하여 90,000실링(韓貨 45,500원)에 샀다. 걸어오면서 시장바닥에서 좌판 고기를 먹음직스럽게 썰어놓고 팔고 있었다. 1,000실링을 주고 샀다. 예전 어렸을 때 충청도 서천장에 배고파 들르면 난전에서 사과장사를 하시던 어머니가 국밥집에 데려가 밥을 사줄 때 썰어주던 뭉툭한 고기와 닮았다. 어머니 생각을 하며 고기를 비닐백에 넣었다. 숙소에 올 때도 걸으려고 걷다 생각하니 더위에 고기가 변 할 것 같아 지나는 바자지(Bajaji)를 세웠다.

"저기 가까운 곳에 가니까 2,000실링에 갑시다?"

20대 흑인 청년은 말한다.

"3,000실링 주세요?"

실랑이 끝에 2,000실링에 흥정하고 출발했다. 이 나라는 노선별 버스와 우버택시(Uber. 한국의 카카오 택시)를 제외한 일반택시나 바자지(Bajaji 삼륜차), 삐끼삐끼(Pikpiki. 오토바이)는 승차시 흥정을 해야지 그냥 타면 바가지를 쓰기 쉽다. 20대 젊은 흑인이 운전하는 바자지를 타고 숙소로 가는데 지름길로 간다. 길을 잘못 간 것인지 다시 지름길을 돌아나오며 숙소까지 가려면 5,000실링을 달라며 운행을 정지한다. 처음 약속을 바꾸어 길을 가다가 당초 금액보다 1.5배를 달라고 했다. 맘이 상하여 2,000실링을 주고 바자지에서 내렸다.

넓은 길을 대형트럭과 달라달라 버스(Daladala Basi)가 휙- 휙-먼 지를 날리며 달린다. 또한 많은 사람들이 부산하게 떠들며 지나간 다. 테메케 가게에서 산 탕가옷감 비닐백을 들고 걷는데 낯선 대 륙 나그네로서 비애감을 느꼈다. 상심(傷心)하여 걷는 나그네 심정 을 아는지? 모르는지? 길거리 흑인들이 말을 건다.

"헬로우, 지나? 지나?"

이 나라에는 오래 전부터 중국인들이 많이 들어와 있다. 따라서 같은 동양인을 중국인으로 알고 '지나(Jina, China의 준말)'라고 부 른다. 그럴 때 마다 손사례를 치며 대답한다.

"No? Korea Kusini!(남한)"

가족들에게 선물하기 위해서 큰 맘 먹고 구입한 캉가옷감이 든 백을 들고 허탈한 맘으로 터덕터덕 걸었다. 가족에 대한 행복이 아프리카 낯선 대륙을 떠도는 나그네의 비애감으로 바뀌고 있었 다.

"한국 집에 차가 두 대나 있는데? 내가 이역만리 먼 아프리카에 와서 이게 무슨 고생이람……?"

서글픈 생각이 든다. 가족들 모습이 눈물에 섞여 보인다.

'그래 참자, 참아. 아암, 참아야지?'

눈에 고인 눈물과 더운 날씨에 흘러내린 땀이 범벅되어 손수건으로 닦으며 터덕터덕 낯선 거리를 걸었다. 지나가는 바자지 한 대가 다가와 선다. 더운날 이곳저곳 기웃거리며 힘없이 걷는 외국인이 처량하게 보였던 모양이다.

숙소 위치를 말하고, 2,000실링에 흥정하자 30대로 보이는 흑인 운전사는 두 말도 안하고 타란다.

'아까 20대 운전사는 처음 2,000실링에 흥정하고 중간에 바자지를 세우고 5,000실링 달란다. 그리고 운행을 정지시켰는데? 그런데 30대 이 흑인 운전사는 바자지를 스스로 세우고 타라고 하는 착한 분도 있구나!'

숙소 앞 도착하여 운전사에게 고마워 1천 실링을 얹어 3,000실링을 주니 빙그레 웃는다. 고맙다고 엄치척을 해주었다.


"Wewe Best Driver!(당신 멋진 운전사!)"
"Chikamoo Asante!(어르신 고맙습니다!)"


서로 주고받은 덕담속에 오늘 테메케 시장나들이에서 상한 마음이 눈처럼 스르르 녹는 듯 했다. 숙소를 향하여 걷는데 아침에 빨아놓은 이불보 빨래가 숙소 앞 빨래줄에 안보였다? 누가 가져갔나? 하고 깜짝 놀라며 옆을 보았다. 빨래줄 아래에 다른 이불보가 가지런히 놓여 있었다.

'숙소 청소하는 분이 아침에 빨아 널은 이불보를 가져가고, 세탁하여 잘 접어 새 이불보를 놓고 갔구나! 이런 고마운 데가 있나?

숙소 앞에는 아프리카 야생 고양이 '후추'가 밥을 달라며 '야오옹— 야오옹—' 옹알 거린다. 덥고 배가 고프지만 낯선 나그네를 기다린 후추가 안스러워 먼저 밥을 주었다. 배가 고팠던지 눈 깜짝할 사이에 다 먹어 치운다.

숙소에 들어서며 노트북 저장된 음악 '고향의 봄' 가곡을 크게 틀고는 세탁실로 갔다. 온몸이 땀으로 얼룩지고 옷에 먼지가 묻어 빨래부터 했다. 낯선 대륙을 헤메인 나그네 비애감을 털어내듯 옷을 빡-빡- 문질렀다. 눈물을 한 움큼 뿌리며 빨래를 거칠게 문지르다보니 손 등이 아팠다. 빨래가 무슨 죄가 있으며, 손 등이 무슨 죄가 있다고?

배가 고팠다. 시장에서 사 온 고기와 얼마 전 다르에스살렘 한국식당에서 사 온 김치를 섞어 1인용 전기밥솥에 찌개를 끓이기 시작했다.

지난날 한국에서 직장생활 할 때 퇴근하며 돼지고기를 사오면 아내는 김치찌개를 맛있게 끓여주었다. 얼큰하고 매콤한 김치찌개에 막걸리를 한 사발 마시면 그날 하루 일과의 어려움이 눈 녹듯 사라지곤 했다.

잠시 고국시절을 생각하는 사이 전기밥솥에서 김치찌개가 끓고 있었다. 어제 남은 찬밥에 늦은 식사를 했다. 김치찌개 속고기를 한 점 건져 먹었더니 맛이 이상했다.

"어, 이것은 돼지고기가 아니고 양고기인데? 아, 이 나라는 종교적인 문제로 돼지고기를 안팔지? 양고기에 김치찌개가 맛이 좀 이상하네. 허허허—"

식사를 마치고 더위와 맘 상함이 겹쳐, 심신(心身)이 녹녹하여 침대에 털썩하고 누웠다. 노트북에서 흘러나오는 '고향의 봄' 노랫소리에 가족 모습이 방안 천장에 오버랩(Overlap)된다. 아프리카 탄자니아 테메케 시장에 '91,000실링의 행복, 대륙 낯선 나그네의 비애감'이 교차된다. 문득 스위스의 교육자 '요한 페스탈로치(Johann Heinrich)의 '가정의 웃음'이란 말이 떠오르면서 스르르 잠이 온다. 꿈이 꾸어진다.

"세상에는 여러 가지 기쁨이 있지만, 그 가운데서 가장 빛나는 기쁨은 가정의 웃음이다. 그 다음의 기쁨은 자식을 보는 부모들의 즐거움인데, 이 두 가지의 기쁨은 사람의 가장 성스러운 즐거움이다."

고국의 가족들의 캉가옷을 입고 거울 앞에서 빙그르 돌며 좋아한다.

"아프리카 캉가옷도 다 사오시고, 뒤늦게 철 드셨네요. 참, 희안한 일이네요? 호호호—"

그리고 서울에 사시는 연세를 드신 누님 두 분과 형수님이 옷을 입고 좋아하시며 입가에 미소를 피우신다.

"하이고, 동생 하나 잘 두어 꿈에도 생각도 못하던 아프리카 캉가옷을 다 입어보네! 호호호—"

또한 경기도 수원 여동생과 충남 예산의 막내 여동생도 입가에 손을 대며 좋아한다.

"아프리카 박사님 오빠 덕분에 평생 구경도 못하던 킹가옷을 다 입어보네요? 고마워요. 우리집 대장 오빠 사랑해요!"

그러면서 수원 여동생이 한 마디 덧붙인다

"오빠, 그리움이 사무치면 향수병이 되어요? 고국 일 다 잊고 그곳에 적응하고 즐기다 오세요!"

동생은 언제나 현명하고 현실을 지혜롭게 판단하는 예리함이 있다. 그간 같이 자라면서 종 종 잘못가는 길이 있으면 바로잡아 주곤 했다. 맞는 말이다. 고국의 가족과 산천은 뒤로하고 아프리카 탄자니아 생활에 적응해야 되는데 그게 잘 안된다.

"본래, 인정많은 다정(多情)한 오빠라서 미안하다!"

이 대목에서 잘 읊조리는 지난 고려시대 문신 이조년(李兆年)시인이 쓴 시 다정가(多情歌)가 떠오른다.

"이화(梨花)에 월백(月白)하고/ 은한(銀漢) 이 삼경(三庚) 인제/

일지춘심(一枝春心)을 자규(子規)야 아라마는

다정(多情)도 병(病)인 양하여 잠 못 드러 하노라!"

(배꽃에 하얀 달이 비추고 은하수가 자정을 알리는 때에. 한 가지의 봄날의 마음을

두견새가 알까마는 정이 많은 것도 병인 양하여 잠을 이루지 못한다)

그리고 그간 사업한다고 고생을 많이한 대전 서구에 사는 제수씨가 이렇게 말한다.

"호호호— 세상 오래 살아야 겠네요. 시숙 어른 덕분에 아프리카 캉가옷도 다 입어보고 말이예요!"

남동생이 맞장구를 친다.

"그려, 우리 건강하여 100살까지 살더라구! 하하하—"

나의 살던 고향은 꽃 피는 산골
복숭아 꽃 살구 꽃 아기 진달래
울긋불긋 꽃 대궐 차린 동네
그 속에서 놀던 때가 그립습니다

꽃 동네 새 동네 나의 옛 고향
파란 들 남쪽에서 바람이 불면
냇가에 수양버들 춤추는 동네
그 속에서 놀던 때가 그립습니다

아프리카 탄자니아에서 설날을 맞았다. 타국에서 맞는 설날은 서러웠다. 「까치까치 설날」이라는 동요가 생각나 홍얼홍얼 불렀다.

까치 까치 설날-은 어저께-고-요

우리 우리 설날-은 오늘이래요

곱고 고운 댕기-도 내가 드-리-고

새로 사온 신발-도 내가 신-어-요


우리 언니 저고-리 노랑 저-고-리

우리 동생 저고-리 색동 저고리

아버지와 어머-니 호사 하-시고

우리들의 절 받-기 좋아하-세-요

— 윤극영 작사 · 작곡 童謠「까치까치 설날은」全文


위 동요(童謠)는「반달」「설날」등 주옥같은 노랫말을 쓴 동요작
가 윤극영(尹克榮, 1903-1988) 선생님이 만들어 어렸을 적 많이 불
렀던「까치까치 설날」전문이다.

오늘은 음력 섣달 그믐날, 설 전날. 흔히 '까치설날'이라고 한
다. 중국 연변일보 논설위원이자 한국문화해외교류협회 중국 연
변지부 장경률 지부장은 '오늘은 눈썹세는 날(섣달 그믐날)'이라고
한다.

까치설날은 음력으로 한 해의 마지막 날, 섣달그믐은 세밑, 눈
썹세는 날 이라고 한다. 한 해의 마지막이므로 새벽녘에 닭이 울
때까지 잠을 자지 않고 새해를 맞이한다.

섣달그믐에는 세배, 만두차례, 연말 대청소, 이갈이예방, 학질
예방과 같은 풍속이 전한다. 섣달그믐은 묵은설이라 하여 저녁 식

사를 마친 후 일가 어른들에게 세배를 드리는데, 이를 묵은세배라 한다. 지역에 따라서는 저녁 식사전에 하기도 하는데, 이날 만두를 먹어야 나이 한 살을 더 먹는다고 한다.

아프리카 동인도양 탄자니아 다르에스살렘 숙소 앞 나무가지에 하루해가 꼬리를 사리며 뉘엿뉘엿 저물어가고 있었다. 고국에서는 설날이라고 음식준비 등으로 들뜬 분위기일 것이다. 그러나 이곳은 남극 적도라서 한낮 35도를 웃도는 더위와 땀, 광야에서 이는 흙먼지와 바람이 일 뿐이다.

정확한 밥시계 시침에 따라 배가 고프다. 어제 먹다 남은 풀— 풀— 날리는 찬밥을 어떻게 먹을까? 생각을 하고 있는데 옆 숙소에 있는 곽동근 태권도 봉사단원으로 부터 연락이 왔다.

"설날을 맞아 지금 통닭을 튀기고 있는데 넘어 오실래요?"

"아, 잘 되었네요! 그렇지 않아도 저녁을 어찌 먹을까 생각하던 중 이었어요? 잠시 후에 갈께요. 고맙습니다."

어둠이 사락사락 주변에 내려앉고 있는 저녁 무렵. 마침 한국 서울에서 영어학원 부원장으로 근무하던 윤광만 여행가가 이곳을 방문했다. 현재 세계일주하며 고아원 등에 자원봉사 왔단다. 잘 되었다며 같이 통닭 먹으러 갔다.

불을 환하게 밝힌 숙소에서 곽동원 단원이 닭을 튀기고 있는데 구수한 냄새가 진동 한다. 그 뿐이 아니었다. 계란말이와 과일, 김치, 막걸리, 위스키까지 준비하였다. 여기에 한국에서 온 윤광만 여행가는 먹다 남은 술 '데킬라'를 내놓아 식탁이 푸짐하였다.

"아, 오늘이 마침 고국의 섣달그믐날. '아프리카 동인도양 한인들의 까치설날 통닭파티'네요. 좋습니다. 그런데, 곽동근 단원님 태권도만 잘하는 줄 알았더니 요리도 잘하네요?"

그러자 통닭을 튀기던 곽동근 단원이 수줍은 듯 웃으며 말한다.

"학창시절 자취를 오래했어요. 그리고 군대생활 중에 취사반에 근무하여 요리를 많이 해봤어요."

윤광만 여행가는 맛있는 요리를 시식하며 맞장구를 친다.

"오호라, 그래서 그런지 통닭과 계란말이 솜씨가 보통이 아니라고 생각했어요. 하여튼 잘 먹겠습니다. 고맙습니다."

낯설고 물 설은 아프리카 탄자니아 곽동근 태권도 단원 숙소에서 같은 한국인끼리 주거니 받거니 술을 마시며 이런 저런 이야기 꽃을 피우며 까치설날 통닭파티를 즐겼다.

곽동근 태권도 단원은 무인(武人)이면서 문인(文人)이었다. 인터넷 브런치(brunch.co.kr)이라는 카페에 '빌꿍'이라는 필명으로 살아가는 주변의 이야기를 올리곤 한단다. 태권도는 체육대학에서 전공하였으며 지난 2016년 8월 몽골 울란바트로 행산학교에서 6개월 체류하기도 했단다. 무도(無道)는 태권도 3단, 유도 2단, 용무도 4단, 특공무술 2단 등 합계 공인 11단을 소유한 고공유단자였다. 지금은 인근 탄자니아 경찰학교에서 경찰들 태권도를 지도하고 있다.

또한 세계일주를 한다는 윤광만 여행가는 30대 중반인데 아직 미혼이란다. 결혼해야 하는 당위성을 느끼지는 않지만 주변 여건이 허락된다면 좋은 배필을 만나 보금자리를 꾸리는데 주저하지 않는단다. 영어에 능통하고 세계관을 바라보는 직관력과 혜안이 있어 전 세계를 다니며 여행사 일을 돕고 용돈을 벌어 틈틈이 고아원과 양로원을 방문 자원봉사하는 숨은 천사였다.

창 밖은 까아만 어둠으로 익어가고 있었다. 야자수 나무위로 저 만치 초롱힝별빛이 더위를 식히고 있는 대지로 쏟아지고 있었다. 창밖 분위기 못지않게 숙소 분위기도 녹녹하게 익어하고 있다.

남자들은 평소에 말이 없다가도 술만 마시면 왜 그리 할 말이 많은지? 군대이야기, 정치이야기, 결혼과 가정이야기, 일반사회이야기 등 나름데로 우수한 자존의 평론가가 되어 열변을 토한다.

"청명해서 한 잔, 날씨 꽃으니 한 잔, 꽃이 피었으니 한 잔, 마음이 울적하니 한 잔, 기분이 경쾌하니 한 잔―. 인생은 짧다. 그러나 술잔을 비울 시간은 아직도 충분하도다."

"술은 사람의 거울이다. 술잔 아래는 진리의 여신이 살아 있고 기만(歡職)의 여신이 숨어 있다. 술 속에는 우리에게 없는 모든 것이 숨어 있도다."

"술은 입으로 들어오고 사랑은 눈으로 오나니 그것이 우리가 늙어 죽기 전에 진리(眞理)라, 전부이니라. 나는 입에다 잔을 들고 그대 바라보고 한숨 짓노라!"

김 교수는 타국에서의 흐뭇한 이야기로 익어갈 무렵 밤이 깊어가고 있었다. 물처럼 흐르는 시침(時針)을 잡을 수가 없어 아쉽지만 내일을 위해서 자리에서 일어났다.

섣달그믐 까치설
외롭고 서러운 날.

내일은 설날
누구 한 사람 떡국 한 그릇 먹자고!
맛난 송편 먹어보자고!
동동주 한 사발 퍼 주는 이 없네?

주변은 오로지 검은 얼굴
흰 이 드러내며 웃는 흑인들
무슨 말인지 모를 아프리카 스와힐리어
중얼거리는 검은 얼굴들 가득한
아프리카 동인도양의 탄자니아 대륙.

남극 적도의 한낮 가마솥 더위 잔기운
아직도 더위 땀이 송알거리는
잔모래와 흙먼지 대륙의 땅.

흑인들 얼굴을 모아놓은 듯
어둠이 뿌려져 끝간데없이 이어진 광야.

섣달그믐 까치설이라지만

누구 하나 챙겨주는 이 없는 서러운 날.

— 김한글 교수의 詩「서러운 까치설날?」全文

# 외교대학 한국어학과에서

외교대학 한국어학과 김한글 교수는 THE C13동 숙소에서 그간 먼지 묻은 옷을 섬세하게 손빨래하여 숙소 앞 문가에 한국에서 가져온 통키타 전선줄로 임시 줄을 만들어 어설프게 빨래를 걸쳐 놓고 이제 한 숨 돌리면서 On The jop Training 안착을 알렸다.

김한글 교수는 탄자니아 외교대학 코워커(Cowork) 담당박사에게 아래처럼 의견을 전달했다.

**가)Daktari Annita Co work Mazngumzo**

□개요
· 일시 : 2019.10.21(월)
· 장소 : Daktari Annita Ofisi
· 내용 : 1학기 Timetable
· 참석 : Daktari Annita, Mr Kim-우영, Miss예은 Mwalimu
  Kikorea

- 의견발의 김우영 한국어 단원, 이예은 단원(통역)

1)우리 Korea koica Mwalimu Kikorea는 CFR에 CFR에 Volunteer(Kujitolea)로 파견되었습니다. 이번 학기에 편성되는 Timetable에 대하여는 우리와 의논을 하시면 고맙겠습니다.

2)이번 Foreign Languages and Communication Skills Timetable중에 French 등 총 7개의 외국어 중에 6개는 CFR 소속교사인데 반하여, 한국어만 외국인 2명이 포함되어 있습니다. 따라서 1학기 Timetable은 외국인 배려 측면에서 야간강의가 아닌 주간강의로 변경하여 주시기 바랍니다.

3)이유는 CFR에서 숙소까지는 20~30분 정도 소요되는데 고속으로 질주하는 차량을 피하여 위험한 횡단보도를 건너야 하며, 숙소까지 가는 길목이 밤에는 한적하여 매우 위험합니다.

4)강도, 절도사고는 순식간에 일어나는 것이라서 이를 대신할 수 없는 것 입니다. 만약에 발생하는 사고의 책임은 자신의 몫 입니다.

5)또한 Korea koica 사무소에서는 원칙적으로 야간통행을 자

제시키고 있습니다. 이점 참고하시어 이해 바랍니다. 그리고 Mr Kim 우영은 60대 나이로 야간시력이 안좋아 밤길 통행이 어렵습니다. 바쁘신 시간에 Daktari An 의논하여 주시어 고맙습니다. Asante sana.

Nataka kufanya kazi na wewe, Nimefurahi kukuona!
Doctor An, I would like your favor very well in the future!
Doctor An, Napenda neema yako vizuri sana katika siku zijazo!

## 나)의견서

대상 : 기관(CFR), 숙소(Salvation Army)
의견단원 : 한국어교원 김우영

위 단원은 위 기관과 숙소에 체류하며 아래와 같이 문제점이 발생되어 개선사항으로 의견서를 제출합니다.

— 아 래 —
1)외교대학(CFR)
 · 학기초 배정된 강의실 문이 닫혀있고, 열쇠 가진 교원은 자리를 자주 비워 강의실 확보 어려움. 학교 운동장 밴치앉아 간이강

의와 강의실 확보가 안되어 학생들 돌려보내는 등 빈 강의실을 찾아 떠돌이 강의. 앞으로 외교대학(CFR)에서 단원수요 요구시 고정된 강의실 배정요구.

· 연구실 1개를 단원 둘이서 활용하는데 비좁고, 인터넷 연결선 하나여서 강의준비에 어려움 발생, 2명의 교원에게 각자의 연구실 배정

· 밤 10시까지 운영하는 심야 야간강의 지향으로 단원위험 요소 제거

· 학습용 영상강의용 빔 프로젝터는 코이가 지원분 1대 뿐. 기관에서 1대를 추가 지원해주면 2명의 교원이 원만히 강의진행.

2)숙소(Salvation Army)
단원 거주 체재기간 9개월분 일시 지급으로 숙소 내 시설개선이 안됨. 예를 들면, 방안 전구 하나 교체하는데 한 달 소요로 생활의 불편. 후임단원은 3개월 단위로 계약하여 그때그때 발생하는 숙소 내 시설개선을 요구 관철토록 사무소의 별도 지도가 필요.

2020년 1월 31일
위 단원 김 한 글

## 다) 탄자니아 ⇔ 한국문화 만남의 날 운영계획

□개요
· 기간 : 2019년 12월중
· 장소 : 외교대학(CFR) 운동장
· 내용 : 한국어학과 학생들과 한국 단원들의 K-POP 문화체
　　　　육공연
· 참석 : 외교대학(CFR) 기관 교직원 및 학생, 코이카 사무소
　　　　장, 코디네이터 등
· 후원 : Koica 사무소, 다르에스살렘 대학교 한국어교육센터,
　　　　경찰대학


◎ 행사진행계획


연출 김우영 한국어 단원/ 진행 이예원 한국어 단원

· 개회 / 진행자
· Ufunguzi / 김우영 단원 키타연주 'Pipe line'(Amerika
　banchers band)
· 격려사 / Director Ponera, Dr Annita, Koica 어규철 소장
· 축사 / Koica 어규철 소장, 다르에스살렘 대학교 한국어교육
　센터소장

· 시낭송 / 한국어학과 학생 '행복'
· 노래합창/ 한국어학과 학생 '만남' '연가'
· 댄스공연 / 한국어학과 학생 '건강체조'
· 태권도 시연 / 다르에스살렘 경찰학교 곽동훈 태권도 사범과
  제자들
· 통키타 노래/ 'Malaika(Tanzania)' '月亮代表我的心
  (Chinese)' '날이갈수록' '찔래꽃' (Korea)
· Chorus / 'Jambo' '과수원 길' '사랑해'


◎행사준비
- 출연진 섭외와 전체진행 등은 한국어학과
- 장소와 앰프와 의자, 현수막, Chai와 간식은 CFR


□운영효과
· 탄자이나와 한국의 문화체육공연을 통한 공감대 형성과 친교
  의 자리
· 외교대학(CFR) 한국어과 학생들의 공연 참여의지로 한국어
  의 확산 계기
· K-POP 문화체육공연을 통한 한국의 이미지 확산으로 한류
  전파


김한글 교수는 어느 날 시내로 가는데 현지 지리와 물가에 어두

위 한국어를 가르치는 제자 남학생 Elimark와 여학생 Neuste에게 시장 안내를 부탁했다. 그러나 결과적으로 시장에서 제자들이 앞장서 바가지를 씌워 기분이 나빴다. 한국의 경우라면 스승에 대한 범례로 벌을 받아야 하는 일이었다.

그래서 아래와 같이 편지를 썼다. 이유는 한국어 학습도 중요하지만 개발도상국의 국민의 의식을 선진화로 고양시키는데 궁극적인 방점을 두었다.

Dear Elimark, Neuster Wannafunzi

Dr kim이 CFR에 와서 Elimark, Neuster Wannafunzi에게 잘 해주었습니다. 물론 Elimark, Neuster Wannafunzi도 Dr kim에게 잘 해주었습니다. 수시로 식사를 제공하고 Kiswahili 공부 수업료로 1시간당 1만실링씩 넉넉히 지급하잖아요.

그런데 Dr kim에게 Elimark, Neuster Wannafunzi가 잘못하고 있습니다. 지난번 다르에스살렘에 가서 물건값을 비싸게 받으려고 한 것 이다. 다르에스살렘 시내에 나가기 전에 물건을 비싸기 구입하지 않도록 잘 안내해달고 부탁을 하지 않았나요? 이런 경우 한국은 경찰서 처벌대상 입니다. 또한 탄자니아 대통령 Johns Magufuli President도 알게되면 다르레스살렘 경찰서에 연락하여 처벌하라고 할 것 입니다.

이유는 외국인한테 물건 값을 비싸게 받는 바가지는 중대한 범죄이기 때문입니다. Elimark, Neuster Wannafunzi가 저지른 Uongo Baya 범죄는 아래와 같습니다.

1)2019년 11월 CFR Kikorea 사무실 키 복사를 위하여 다르에스살렘에 갔을 때 택시비 1만실링인데 2만실링 비싸게 받으라고 운전사에게 Uongo Baya(나쁘다).

2)물품 구입차 다르에스살렘에 Elimark, Neuster Wannafunzi 갔을 때 통키타 값을 30만실링인데 60만실링으로 비싸게 받으려고한 Uongo Baya.

3)노트북 스피커를 구입하는데 비싸게 받으라고 듀카 주인에게 Uongo Baya.

4)다르에스살렘 시내에 갔다가 CFR에 돌아와서도 아이스크림 3개를 샀는데 4개 값을 비싸게 지불하라고 한 Uongo Baya.

5)또한 Elimark의 Baya점은 Dr kim의 핸드폰의 사진과 메시지를 종종 몰래 보고 있어요? 그러면 안되어요? 개인의 정보를 몰래보는 것은 Privacy 인권참해와 명예훼손에 해당되어 한국에서는 경찰서 처벌대상?

탄자니아 대통령 Johns Magufuli President는 Lead ship으로 Hapa Kazi Tu, Work here Only but Nothing else를 슬로건으로 공공부문 개혁 적극 추진하고 있습니다.

현재 국제공적개발원조(ODA)를 비롯하여 세계 각국의 봉사단체와 NGO 등이 탄자니아의 오래된 철도와 건물 같은 인프라를 재정비하고 있습니다.

그간 한국 수출입은행에서 탄자니아에 지원한 금액은 총 781백만 달러이며 외무부 Korea에서도 1991년부터 8천만 달러를 지원하고 있습니다.

이렇게 탄자니아를 선진국 잘사는 나라로 발전시키려고 노력하는데 Elimark, Neuster Wannafunzi는 반대로 Elimark, Neuster Wannafunzi는 탄자니아의 국가적 이미지를 추락시키는데 Johns Magufuli President가 가만히 두겠습니까?

Elimark, Neuster Wannafunzi 한국에 가고싶다고 했지? 이문희, 이예은, 김우영 선생님이 추천안하면 한국에 갈 수 없습니다. Kikorea 선생님이 추천서에 싸인해야 한국에 갈 수 있습니다. 물론 자신의 경비를 사용하여 개인적으로 방문은 가능하겠지요. 현재 Elimark, Neuster Wannafunzi Uongo Baya 범죄를 CFR 이예은 선생님, Korea. 이문희 선생님 등이 알고 있습니다.

하나의 사례를 듭니다. Elimark, Neuster Wannafunzi가 나중에 초대로 한국에 왔다고 합니다. Dr kim과 같이 나랑에서 식사를 하는데 Dr kim은 2천실링, Elimark, Neuster Wannafunzi 4천실링을 받는다면 어찌되겠습니까? 또 한국 시장에 가서 Elimark, Neuster Wannafunzi애 가서 물건을 샀는데 한국 사람보다 비싸게 샀다면 어찌되겠습니까?

Dr kim Korea koica자원봉사자로 탄자니아 CFR에 파견되어 오래 있으려고 했는데 Elimark, Neuster Wannafunzi 외국인한테 Uongo Baya 중대한 법죄를 저질러 실망되어 떠나려고 합니다.

탄자니아 Johns Magufuli President는 Lead ship의 Hapa Kazi Tu, Work here Only but Nothing else을 성공하여 전진국으로 업그레이드하려면 Dr kim Korea koica자원봉사자가 많이 들어와야 합니다. 반대로 실망되어 빨리 떠나면 탄자니아는 발전이 안됩니다.

이제 공부하는 학생들이 착하고 성실하게 살아야지 Uongo Baya로 살면 발전이 없어요. 탄자니아가 선진국으로 성장하려면 학생과 국민이 착하고 성실하게 노력해야 합니다.

앞으로 Dr kim CFR에 얼마안있으면 한국으로 돌아갑니다. 있는 동안 인간적으로 잘해주어 훗날 Elimark, Neuster Wannafunzi가 한국에 왔을 때 환영받고 호텔과 레스토랑에서 식사를 대접받을 수 있도록 노력하세요. 학생 이전에 착하고 성실한 인간이 먼저 되세요. 그래야 개인과 탄자니아가 발전합니다.

2020.1.2. Dr kim

어느날 김한글 교수는 아프리카 탄자니아 한국대사님에게 안부 편지를 썼다.

# 주 탄자니아 한국대사관과 함께 한국어 국위선양

**존경하는 대사님 한 해가 저물어 갑니다.**

안녕하세요.

대사님 올 한 해가 제 아내의 18번 성악 '내 마음의 강물' 처럼 흘러갑니다. 대사님은 작년 이맘 때 부임하시어 그간 괄목할만한 일을 추진하느라고 애 쓰셨어요.

새해에는 한국어교실을 중심으로 한류(韓流)가 퍼지는 기념비적인 해가 되기를 바라며 후임 김원종 한국어교원과 긴밀히 협의 귀국 후 힘 써 보겠습니다.

오늘은 오후 강의를 일찍 마치고 가까운 테미케(Temeke)시장에 가서 한국에서 추운 겨울철 뇌압 상승으로 고생하는 아내를 위하여 탄자니아 전통의상 캉가(Kanga)와 키텡게(Kitenge)를 샀습니다. 귀국시 가져가 즐겁게 해주려고요.

아내 김애경(55세)은 과수원집 4남 2녀 막내딸로서 위로 오빠와 언니의 귀여움 받고 성장 여고졸업 후 21살에 저를 만나 결혼 1남 2녀를 낳았지요.

아내는 수필을 쓰고, 성악을 즐겨 부르며, 그림을 그리는 재주가 있고, 저는 통키타를 연주하여 부부작가, 부두듀엣으로 방송에 출연하는 등 주변에서 잉꼬부부로 소문날 정도로 다정하게 지냈었지요.

그러나 지금은 아내가 힘들어하니 못난 지아비로서 그저 송구할 뿐입니다. 올 한 해도 아내의 노래처럼 '내 마음에 강물'이 흘러가고 있네요. 부부가 활동하던 동영상을 보내드리니 여유있을 때 감상해보세요. 아직 더 다듬어야 하오니 살펴주세요.

그리고 말씀하신 대사관한국어교실 운영계획 보내드립니다.

새해에 하시고자 하는 일의 성취와 가내 다복하시기를 소망합니다.

2019년 12월 31일 저녁에
국립 외교대학 한국어학과 문학박사 김우영 절

## 2020년 주탄자니아 대한민국 대사관
## 제1회 한국어교실 심화학습 운영계획

□개요
· 기간 : 2020년 이후
· 장소 : 주탄자니아 대한민국 대사관
· 대상 : 탄자니아 대학생 등
· 강사 : 한국어 문학박사 김우영(외교대학(CFR) 한국어학과 교수/
  방학이용 1개월 활용)
· 주관 : 주탄자니아 대사관
· 협찬 : Koica 사무소, Kotra 지사, 한국수출입은행 지사, 한
  인회


□목표
· 언어는 모든 분야의 출발점인 정체성 확보로서 다양한 분야
로 확산시키는 계기를 맞아 한국어학습운영은 한류(韓流. The
Korean wave)의 기폭제, 주탄자니아 대사관 한국어교실 심화학습
은 자랑스런 세계적인 알파벳 한국어 직접 운영은 바람직한 사례
로서 대한민국 국위선양 주도
· 탄자니아 전체인구 5천 2백만 명중 15세~64세 이하 청 ·
중 · 장년층 52% 대학생과 일반국민 대상 열린 학습공간 코이카
소속 한국어 문학박사의 전문가에 심화학습 집중운영은 한국어와

한국에 대한 관심으로 자리매김되어 한국과 탄자니아 관계 우호
협력 증진

## □한국어 운영실태 및 대안

가)현황

· 한국어 열풍 현상은 전 세계적으로 확산, 근래 일본 '토픽'
(TOPIK) 응시자가 2만여 명, 중앙아시아에서는 한국어 선생이라
면 업고 다닐 정도의 인기, 베트남 중등학교는 제2외국어를 한국
어 선정, 베트남 진출 한국기업 취업이 베트남 청소년 최고의 꿈

· 탄자니아 한국어교육은 코이카 중심의 기관과 학교에 한국어
단원 배치 교육(다르에스살렘 CFR 한국어학과, 다르에스살렘 대학 한국어
센터, 도도마대학 한국어학과 등)과 다르에스살렘 · 아루사 한글학교와
한인교회에서 비정기적으로 소극적 운영


나)한국어 학습의 소극적 참여

· 한국의 드라마와 K-POP(방탄소년단) 등의 영향으로 한국어
학습을 희망하지만 한국어 학습 후 활용 효용성이 떨어져 수요자
의 소극적 참여

· 1년에 1~2명 정도 코이카 통하여 한국의 단기연수가 유일
한 활용의 효용성에 그쳐 공급과 수요의 불균형을 이루어 한국어
학습의 소극적 운영

다)대안

· 한국어 우수학습자를 대상으로 대사관의 협력으로 코이카와
코트라, 한국수출입은행 등에서 한국연수 기회를 확대, 한국어 공
급과 수요자 운영으로 한국어 학습열기 한류확산 기틀마련

· 현재 탄자니아에 진출한 기업은 '㈜효성 탄자니아'를 비롯하
여 '한화 S&C 전기설비' 등 30여개소가 진출 운영하고 있는 바,
추후 사원채용시 대사관 운영 한국어 우수학습자를 기본적으로
우선 채용하도록 협조


◎대사관 한국어교실 세부운영

1)강의내용

가)회화 위주의 한국어 지도

한국어 알파벳(Alphabet) 자음과 모음을 소개하며 활용범례와
이치를 설명하고 한국어의 인사, 가정에서 존칭, 가족 친·인척
호칭, 시장에서, 여행지, 식당, 교통, 환전 등과 같은 회화위주의
한국어 지도


나)한국 태권도 시연 알림

한국 태권도 단원의 협조를 받아 국기(國技) 태권도 시연과 호신
술을 보여주어 한국의 우수한 체육기예 현황을 홍보


2)강의운영과 방법

가)동영상을 통한 시각적 효과

한국에 대한 전반적인 소개와 한글의 유래, 한국의 드라마와 영화 '대장금' '주몽' 등을 소개하는 한편, 한국의 국기(國技)태권도의 우수성 동영상을 통하여 홍보 전파

나)음악을 통한 한국어의 지도

한국어 학습기구 통키타 연주와 노래로 한국 전통가요 '아리랑' 과 '과수원 길' 등의 동요 합창으로 노랫말을 통한 세계 공용어(公用語) 공감대 형성으로 자연스런 한국어 친밀감을 부여하는 한편, 차분하게 한국어 말하기에 적절한 한국의 '명시 시낭송'을 통한 한국어를 익히기 학습

다)참여와 시연을 통한 주체로 공감의 극대화

참여자가 직접 한국어 발표와 시연 시뮬레이션(Simulation)을 통한 실제상황을 연출 말하기, 듣기에 자신감 부여로 한국어 기능 주체성 확립으로 인한 공감의 극대화

라)시험과 수료를 통한 한국어의 검증과 학습의 효과

참여자 학습을 체크하기 위하여 중간고사와 기말고사를 운영하므로서 학습의 구체적 정착과 수료식을 통한 학습경과 계량화로 학사 커리큐럼(Curriculum)증진

마)2020년 제1회 한국어교실 수료식

중간고사와 기말고사 우수 학습자에게 수료식 때 코이카(Koica)와 코트라(Kotra), 한국수출은행(Kgr)의 시상식 동참으로 대사관 한국어교실 현황을 홍보하는 한편 동참과 위상 강화

— 수료식 시상(5명)

세종대왕 대상(대사 표창)

· 최우수상(코이카 소장 표창, 대한무역투자진흥공사 지사장 표창)

· 우수상(한국수출입은행 지사장 표창, 한인회 회장 표창)


바)2020년 제1회 한국어교실 운영(1개월 20회, 80시간 집중심화학습, 일반 대학 3개월 컬리큐럼 과정)

· 1주간(20시간) : 오리엔테이션 및 한국과 한글, 한국영화드라마 소개와 한국어의 기본학습(대사관, 코이카, 코트라, 한인회 소개)

· 2주간(20시간) : 학교,거리,여행자, 식당 등 회화위주 학습,중간고사 시험

· 3주간(20시간) : 한국어의 기초문법, 조사, 띄어쓰기, 맞춤법 등의 학습

· 4주간(20시간) : 한국어의 쓰기, 듣기, 말하기, 시낭송을 통한 한국어 익히기와 참여자의 발표를 통한 학습의 주체 향상과 기말고사, 수료식

* 학습교구 : 학습교재, 빔프로젝트, 통키타, 화선지, 시낭송 등

3) 김우영 강사소개

· Koica 한국어봉사단원 및 CFR 한국어 교수
· 한국어 석사, 문학박사(한국 중부대학교 대학원), 한국어 수학 8년
· 중부대학교 강의 및 대전광역시 중구 다문화센터 4년 강의
· 일반 행정공무원 30년 사무관 퇴직(행정안전부 認可 행정사)
· 한국문화해외교류협회 대표 및 대전중구문학회 회장
· 한국어 연구서 '한국어 이야기', 다문화현상 장편소설 『코시안(Kosian)』등 5권 출간(총 33권 저서 출간) 사단법인 한국문인협회 중견작가


4)주탄자니아 한국대사관 산하 한국문화원 및 문화학교 운영 방향
한국 문화체육관광부 소속 한국문화원은 한국문화의 이해 및 양국의 우호증진, 한국어교실, 전시회, 음식축제, 전통음악과 무용, 강연회, 스포츠 및 청소년들을 위한 활동 등을 지원. 아프리카는 현재 나이지리아가 유일하게 한국문화원 운영, 따라서 탄자니아에 한국문화원 및 문화학교 선제적 운영


◎운영효과
· 한류열풍 효자로 자리매김하는 한국어 인기 상종가와 함께 주탄자니아 대사관 주관의 한국어교실 극대화로 세계 공용어로 평가되고 있는 자랑스런 한국어를 전파 대한민국의 이미지와 정체성 확보로 국위선양

· 탄자니아 미래 대학생과 일반국민에게 한국어 문학박사의 전문가의 심화학습 집중운영으로 한국어와 한국의 관심을 향상시킴으로서 한국과 탄자니아 관계 우호협력 증진

· 제1회 한국어교실에 이어 년간 4회 정도 계절학기 컬리큐럼 학습을 운영하므로서 주탄자니아 한국 대사관이 아프리카 한국어 학습 요람으로 자리매김하는 효과 거양

# 친애하는 문학박사 김한글 교수님!

　한국 대전에서 열심히 활동하시는 문학박사 김선우 교수님이
김한글 교수에게 편지가 왔다.

　친애하는 문학박사 김한글 교수님!
　한글의 국제공용어 승격운동의 선구자로서 헌신하시는 김한글
박사님의 노고가 매우 크십니다. 각별히 국내다문화가족과 아프
리카인들을 위해 한글과 우리 문화를 가르치고 계시다니 애국심
이 대단하십니다. 본인 생각으로는 한글이 국제공용어로 승격하
는 첩경(捷徑)은 국가가 K-POP단체를 직접지원하고 대사관을 통
해 적극홍보하면 대성하리라 확신합니다. 지금 세계 각국의 대부
분의 청소년은 K-POP의 열광팬들이며 원곡의 한글 歌詞를 그대
로 우리말로 부르고 있다는 것입니다. 그래서 한글공부하는 세계
청소년이 기하급수적으로 양산(量産)되고 있습니다. 고로 각국 대
사관은 한글강습소를 널리 운용해야합니다. 한류문화의 주체는
한글입니다. 조상의 거룩한 얼을 받들어 한글의 국제공용어 승격
운동에 우리 다 함께 매진하면 좋겠습니다.
문학박사 鮮于 浩 국제시인 拜

김한글 교수는 자랑스런 한국어를 널리 알려 국위선양하기 위하여 지난 2019년 8월 한국 인천공항을 떠나 남극 적도선이 지나는 55개국 12억 명이 사는 검은진주로 불리는 아프리카 대륙 탄자니아에 왔다.

탄자니아 다르에스살렘 외교대학 한국어학과에 부임하기 전에 아프리카의 대표적 공용어인 스와힐리어(Kiswahili)를 전인적으로 배우기 위하여 모로고로시 언어학교에 입교하여 현지어를 42일간 연수받았다.

탄자니아의 대표적인 모로고시 언어학교 츄마(Chuma)교장 선생님의 강론중에 한국어의 '여기, 거기, 저기'에 대하여 설명이 있었다. 한국인이 가장 많이 쓰는 말이면서 혼동(混同)을 일으키기 쉬운 말이어서 같이 살펴보았다.

세 개 말은 모두 장소를 나타내는 대명사인데 말하는 話者를 기준으로 했을 때 내용과 거리의 차이가 있다. 즉, 이곳, 그곳, 저곳으로 크게 2인칭으로 분류하며 문법상 지시대명사 접미 파생 명사로 분류된다. 또한 어원적으로 보면 파생어인데, 현대 한국어에서는 단일어로 사용된다.

①여기
'여기'는 말하는 이와 가까운 곳을 뜻한다. (예시, 내가 여기 있은 지가 한 시간이 넘었다?) 즉, 화자 바로 앞에 있는 곳을 말하며 발음 어법상 단음(短音)이다.

②'거기'는 말하는 이와 가까운 곳을 뜻한다. 또한 거기는 '거게'의 준말이다. (예시. 너 거기 있어? 내가 갈게, 거게 서 있지 말고 이쪽으로 좀 와 봐) 즉, 화자 가까이 있는 곳이며 발음 어법상 역시 단음(短音)이다.

③'저기'는 말하는 이와 먼 곳을 뜻한다. (예시, 저~기 까지 다녀와야 해) 즉, 화자와 먼 곳에 떨어진 곳을 말하며 발음 어법상 장음(長音)이다.

한편, 한문으로 여기(這儿·這里) 거기, 또는 저기(那儿·那里)로도 차용되기에 국·한문 혼용의 한국어에서는 살펴볼 필요가 있다.

* 쉬어가는 페이지 : 여기서 이 말하고, 거기서 그 말하고, 저~기서 저 말하고 다니면 안 된다?

(도표로 보는 여기, 거기, 저기의 아리송한 정체?)

탄자니아 쌜배이숀 숙소 앞 푸르런 나무에 잔바람이 일며 아프리카 무더위를 잠시 식혀주는 봄날에 김한글 교수에게 걱정거리가 하나 생겼다. 2021년 8월 고국을 떠나올 때 아내와 아들이 사준 작은 1인용 전기밥솥을 그간 잘 사용했는데 고장이 났다. 아침은 숙소에서 먹고 점심과 저녁은 이 전기밥솥으로 밥을 잘 해먹었는데? 갑자기 취사 보턴을 눌러도 불이 들어오지를 않았다.

"비싼 전기밥솥을 구입해야 하나…? 아니면, 매일 점심과 저녁을 사먹어야 하나…?"

김 교수는 그야말로 숙소에서 밥숟가락을 놓게 생겼다. 문득 어렸을 때 부모님이 하신 말씀이 생각이 났다. 시골 동네에 어느 분이 돌아가시면 늘 이렇게 말씀하셨다.

"재너머 분저울 탱자나무집 할아범이 어제 숟가락 놓았다네. 그려?"

"방죽 안마을 까치다리 뻥득이 할멈이 오늘 아침에 숟가락 놓았다네. 그려?"

해외에 '한국어 자원봉사'를 하겠다고 낯선 이역만리(異域萬里) 아프리카에 까지 와서 잘 가동되던 전기밥솥이 고장으로 숟가락을 놓게 생기는 일이 생겼다. 어찌해야 할지 난망하였다.

김 교수는 아침에 숙소 국내식당에 가서 식사를 마친 후 리셉션 직원 'Jenifa'와 'Hawa'에게 '전기밥솥 고장으로 숟가락을 놓게 생겼다!'며 걱정을 했더니 이렇게 말한다.

"Kikorea Doctor Kim. 이곳 책임자 'Mark Sarungi Manager'

와 의논해 보세요?"

"아, 그래요…?"

그래서 즉시 사무실을 찾아가서 평소 친구로 지내는 사이라서 편안하게 전기밥솥 고장얘기를 했더니 뜻밖에 시원한 대답을 한다.

"저 구내식당 주방에 가면 좋은 전기밥솥이 있으니 사용하고 한국 귀국 할 때 반납하고 가세요!"

"아이고— 우리 마크 사릏지 메니져 고맙소이다. 막 놓으려던 숟가락을 다시 들어야겠네. 허허허—"

숙소 책임자 '마크 사릏지'의 편의는 이번 전기밥솥 뿐이 아니라 매일 구내식당에서 김 교수에게 아침식사를 무료로 제공한다. 본래는 1끼당 1만 실링(한화 5천원)주어야 하는데 친구라고 베푼 우정이었다. 주변에서는 외국인한테 이런 일은 그간 없었다고 한다.

김 교수는 이곳에서 살면서 책임자 마크 사릏지와 친구로 삼고 가깝게 지냈다. 지난해 고국을 떠나오며 가져온 소중한 선물을 주며, 종 종 통기타를 사무실에 가지고 가서 노래를 해주었다. 그랬더니 저 멀리 동양의 낯선 좋은 한국인 친구가 생겼다며 유난히 잘 해주었다.

멀리 남극 적도 아프리카 탄자니아에 와서 좋은 친구를 만나 아침은 무료제공, 점심과 저녁까지 친구인 마크 사릏지가 준 전기밥솥으로 밥을 해먹으니 하루 세 끼 밥을 해결해준 셈이다.

그래서 전기밥솥을 선물 받은 날. 즉시 탄자니아에서 제일 좋은

'Mbeya' 쌀로 밥을 지어 그릇에 담아 '마크 사룽지'와 구내식당에 가서 'Jenifa'와 'Hawa'에게 시식을 시켰다.

"오, Doctor Kim. 밥맛이 좋습니다. 따끈따끈한 밥이 최고요 최고. Asante sana!"

김 교수는 생각했다. 지난 1970년대 장편소설과 영화로 잘 알려진 '서편제'의 저자 '이청준 작가'의 단편소설 '선생님의 밥그릇'이 있다. 이 작품속에서 담임선생님은 도시락이 없어 굶은 제자에게 도시락밥 반을 숟가락으로 덜어주어 나누어 먹는다. 다시 37년 후 은사의 회식 장소에서도 담임선생님이셨던 은사님이 밥을 숟가락으로 반을 덜어 제자들에게 덜어주는 것을 본 제자들이 눈물바다를 이루며 감동을 젖는 대목이 나온다.

또한 1970년대 '오적(五賊)'이라는 담시를 발표한 '김지하 시인'은 '밥은 하늘이다'라고 극찬했다. 밥에서 한국인은 이상향을 찾는다. 밥을 함부로 하면 안된다. 밥이 곧 하늘로서 일미칠근(一米七斤)라 하여 쌀 한 톨에 일곱 근의 땀이 배어 있다고 말한다. 쌀 미(米) 자를 파자(跛者)하면 '八十八'이 된다. 쌀 한 알 얻는 데 88번 손이 간다는 의미다. 농사철 농부가 논길을 88번은 다녀야 비로소 소중한 쌀이 된다고 하였다.

그 옛날 농촌에서는 이렇게 말했다. '밥 없이는 힘을 못 쓴다' '밥이 일 한다'고 했다. '밥 먹은 사람은 죽을 만큼 힘이 좋고, 죽 먹은 사람은 죽을 만큼 힘이 없다'고 했다. 아픈 사람에게는 밥이 인삼이라며 미음이나 죽을 써 드렸다. 또한 죽은 사람에게도 입

안에 쌀을 넣어드릴 만큼 쌀은 삶과 죽음의 간극에 꼭 필요한 '생명요소'였다.

12년 전 2008년 10월 25일 우리 7남매의 눈물을 쏟아내게 하며 84세의 연세로 돌아가신 김 교수의 어머니도 충청도 서천 동생네집에서 거주하시며 안먹히는 밥을 억지로 숟가락으로 입 안에 떠 넣으시었다. 그야말로 눈물겹게 밥을 드시며 이렇게 말씀하셨다.

"밥 먹으야 살응게. 억지로라도 먹으야혀ー! 그렁게 느덜도 밥을 잘 먹으야 혀!"

우리 민족에게 쌀로 빚은 밥은 삶이고 생명 그 자체였다. 그 밥을 먹도록 도와주는 기구가 바로 숟가락이요, 젓가락이다. 손으로는 밥을 먹을 수 없다. 반드시 숟가락과 젓가락이 있어야 한다. 밥과 숟가락은 바늘과 실이었다.

'숟가락'의 어원은 기본형 명사(名辭)이며 사람이 밥이나 국 따위의 음식을 떠먹는 기구이다. 생김새는 우묵하고 길둥근 바닥에 긴 막대가 달려 있다. 즉, 수 자(字) 밑에 'ㄷ'자음의 모양새가 옴팍 퍼 담는 주걱형태이다. 반면 젓가락 어원도 기본형이 명사이며 음식이나 어떤 물건을 집을 때 사용하는 한 쌍의 기구이며 나무나 쇠붙이 따위로 가늘고 짤막하게 만든다. 저 자(字)밑의 자음 'ㅅ'은 마치 젓가락 두 개를 세워 놓은듯하다.

그리고 숟가락과 젓가락은 우리네 삶과 밀접하고 없어서는 안 되는 소중한 물건이었다. 예전에 집에서 쫓아 날 때도 숟가락과 젓가락은 챙겨 보냈다. 가난한 자식을 결혼하고 분가시킬 때도 다른 것은 몰라도 숟가락과 젓가락은 손에 쥐어 내보냈다. 그만큼 밥과 숟가락은 하늘이요, 소중한 생명이었다.

밥숟가락과 젓가락에 내포된 세기의 언어선각자 세종대왕의 한글은 과학적이며 인간의 오묘한 진리가 있다. 그래서 21세기 한국어가 세계 공용어로 떠오르는 이유가 여기에 있다. 지난 1443년 한글을 창제한 세종대왕은 대한민국뿐이 아닌 지구촌에 한글 알파벳을 전파하는 세기의 언어학자이었다. 577년 전 세종대왕의 밥과 숟가락 언어를 전파하기 위하여 나는 오늘도 아프리카 대륙을 달리고 있는 것이다. 김 교수는 이곳 책임자에게 감사의 뜻을 전했다.

"내 친구, 아프리카 탄자니아 마크 사룽지 고마워요. 하루 삼시 세 끼 잘 먹으리다. 내일 사무실을 방문하여 한국의 7080세대 이장희 포크가수의 노래 '나 그대에게 모두 드리리'를 통키타로 연주하며 노래를 한 곡조 아프리카 푸른하늘에 아름다운 선율로 주단을 깔아드리리다.

"Naku Penda Africa Tanzania Rafiki Mark Sarungi! Dont for to remember Friend ship!"

**(김 교수의 밥을 통하여 살펴본 한국인 삶의 이상향/ 理想鄕 · Utopia)**
 - 혼낼 때 : 너 오늘 국물도 없을 줄 알아?

- 고마울 때 : 나중에 밥 한 번 먹자!

- 안부 물어볼 때 : 밥은 먹고 지내냐?

- 아플 때 : 밥은 꼭 챙겨 먹어.

- 인사말 : 식사는 하셨습니까? 밥 먹었어?

- 재수 없을 때 : 쟤 진짜 밥맛 없지 않냐?

- 한심할 때 : 저래서 밥은 벌어 먹겠냐?

- 무언가 잘 해야할 때 : 사람이 밥값은 해야지~

- 나쁜 사이일 때 : 그 사람하곤 밥 먹기도 싫어~

- 범죄를 저질렀을 때 : 너 콩밥 먹는다?

- 멍청하다고 욕할 때 : 어우!! 이 밥팅아!

- 심각한 상황일 때 : 넌 목구멍에 밥이 넘어가냐?

- 무슨 일을 말릴 때 : 그게 밥 먹여주냐?

- 최고의 정 떨어지는 표현 : 밥맛 떨어져!

- 비꼴 때 : 밥만 잘 쳐 먹더라~

- 좋은 사람 : 밥 잘 사주는 사람.

- 최고의 힘 : 밥심(힘).

- 나쁜 사람 : 다 된 밥에 재뿌리는 놈.

- 좋은 부인의 평가 기준 : 밥은 잘 차려 주냐?

김 교수는 새해에 아프리카 탄자니아에서 새해 八字成語 덕담을 준비하여 국내 지인들에게 보냈다.

– 새해 八字成語 德談

* 廣地世上 知者多視!
地球村是 韓語世上 *

* 너른세상 아는만큼 많이 보이는
2020년 지구촌 한글세상 *

지구촌 동북아의 작지만 큰 大 한-민국 방탄소년단이 전 세계를
휩쓸자 이 노래말을 따라 부르는 '떼창문화'가 한국어학습 열풍
으로 널리 퍼지고 있습니다.

21세기 새해 2020년은 너른세상 아는만큼 많이 보이는 지구촌
이 한글세상되어 세계 공용어로 초석을 다지는 해가 되기를 소망
합니다.

1443년 세종대왕의 한글창제 577년돌 맞는 2020년에는 영어
권을 뛰어넘어 세계의 한글 알파벳 'ㄱㄴㄷㄹ, 가나다라'가 되도
록 우리 함께해요!

너른만큼 많이 보이는 지구촌 한글세상 새해 2020년은 건안하
시고 다복하세요.

2020. 1. 1 새해에

아프리카 모잠비크&탄자니아
대외관계연구소 외교대학 한국어학과

한국어 문학박사 김한글 절

　김 교수는 낮에는 덥고 밤에는 시원한 아프리카 탄자니아의 밤.
한국을 떠나 함께 탄자니아에 도착 모로고로에서 수고를 하는 조
한산 단원에게 우정의 시를 한 편 써 보냈다.

不存在를 위한 存在의 Friend Ship Process!

그대 언제나 함께 머물다 Morogoro 치과에 간 날.

Luthetan Junior Semiuary School 운동장에
찬 바람이 Baobab 나무에서 떨어진 낙엽을
운동장가로 휘리릭— 휘리릭—내몰고 있었지요.

공허한 맘 달랠길 없어 고개들어 하늘보니
두둥실 흰구름이 동인도양으로 흘러 들어가고
저만치 물루구루(Mulruguru) 산마루에 기운 야자수 나무

짝을 찾는 손짓으로 훠이이— 훠이이-


그대는 언제나 이내 맘과 함께하는
지기(知己)였나 봅니다.


지난 2019년 6월 한국 강원도 영월산 연수 때 부터
갑작스런 KOICA 변화의 물결 앞에 허둥대는 지기를
보듬어주는 그대 우정은 미덕(美德) 그 자체.


어디 그 뿐 이겠나이까?
이 억 만 리 아프리카 대륙 탄자니아에서
틈틈이 전화와 문자로 챙기는 그대의 너른 맘
동인도양을 건너 서대서양으로 가고도 남으리라!


같은 것을 좋아하고 싫어하는 것이 바로 진정한 우정이며,
바른 우정은 두 사람의 신체에 깃든 하나의 영혼이고
참된 우정은 앞과 뒤가 같아야지요.


앞은 장미로 보이고, 뒤는 가시로 보이는 것은 우정이 아니지
요?
 참다운 우정은 삶의 마지막 날까지 변하지 않는 것이라지요.
 진정한 친구를 얻는 유일한 방법은

스스로 완전한 친구가 되는 것이기에 우정은 금은보화보다 더 소중한 제2의 자신이지요.

오늘따라 아프리카 탄자니아 다르에스살렘 Salvation 하늘에 뜬 달이
모로고로시 하늘가에 있는 부존재(不存在)를 위한 존재(存在)
Friend Ship Process 그대를 부르는 홀로밤이외다.

2019년 9월 15일


다르에스살렘 숙소에서
언제나 그대안의 벗 김한글

# 우리들의 이야기, 우리들의 노래,
# 동인도양 밤하늘 울려퍼져

탄자니아에서 함께 봉사하던 주숙정 자원봉사단원과 귀국기념 석별 만찬을 가졌다. 김 교수는 기념으로 시를 한 편 써 주었다.

## □ 여는 시

저 까아만 밤하늘에 떠 있는 수많은 별들
인연이 있어 수 억겁 년 은하계를 떠돌듯이

동인도양 바다깊이 있는 수초(水草)와 물고기도
나름의 인연으로 수 억 겁 년 동안 사운대고 있다.

마사니만(Msasani Bay) 마사키 해안에 늘어선
야자수나무 밤공기 가르며
바람과 어둠을 만나고

이름없는 나비와 풀벌레도
나름의 인연이 있어 만나고 헤어지듯

우리네 인생만사 회자정리(人生萬事 會者定離)라 했던가!

이역만리(異域萬里) 아프리카 동인도양
탄자니아에서 만난 인연이 다시 헤어지는구려!

그간 낯설고 물설은 광야의 대륙
울고 웃었던 씨줄과 날줄의 교차로에서
만난 고뇌와 보람, 긍지의 나날들

훗날 좋은날, 좋은자리 있으리오
우리 그날을 위하여 오늘 웃어요
암요, 웃어요!
― 김한글 교수의 詩 「인연」 全文


　오후 나절 햇살 동인도양에 저물며 노을빛으로 색칠하던 무렵.
탄자니아 다르에스살렘지역 자원봉사단원 친목회장을 맡고 있는
주숙정 회장(간호봉사단. 경북 울진)으로 부터 전화가 왔다.
　"김 교수님 안녕하세요. 임기를 마치고 11일 귀국합니다. 오늘
저녁 식사 함께 하시지요?"
　반가운 맘에 초대에 응했다.
　"아, 회장님 알겠습니다. 6시에 마사키 궁식당(Maski Goong
korea restaurant)으로 갈께요."

우버(Uber)택시를 타고 킬와로드(Kirwa rord)를 출발하여 창옴베로드(Changombe road)를 거쳐 다운타운 카리야구(Kariakoo)와 키수투(Kisutu)를 지났다. 길가에는 달라달라와 바자지, 오토바이, 길거리 상인들로 얽히고 붐볐다. 멈칫 멈칫하던 우버택시는 동인도양 마사니만(Msasani Bay)에 자리한 한인(韓人) 경북 안동댁이 운영하는 '궁식당'에 드디어 도착했다.

약속시간이 잠시 남아있어 주변 상가를 기웃거렸다. 길 건너 작은 가게에서는 탄자니아 전통의 옷감인 캉가(Kanga)와 키텡게(Kitenge)를 전시하고 있었다. 그 사이 눈에 띄는 게 있었다. 가죽으로 만든 마사이족이 잘 두들긴다는 북이다. 판매가격을 물으니 15,000실링을 이란다. 홍정 끝에 10,000실링에 사서 궁식당으로 들어갔다.

잠시 후 주숙정 회장이 특유의 살가운 미소를 지으며 들어온다. 궁금하여 인사차 물었다.

"안녕하세요? 11일 귀국하세요?"

"네, 그래요. 귀국길 우간다에 들러 선교차 와 있는 언니네 들러 1달 정도 머물다 가려고해요."

이야기를 나누는 사이에 다르에스살렘 시내 병원에 배치되어 근무하는 간호 자원봉사자 김정화 단원이 도착한다. 셋이는 반가운 마음에 악수를 하고 그간의 안부와 근황을 주고 받았다.

사위는 어둠을 뿌리며 까아맣게 익어가는 봄 밤. 한인(韓人)이 운영하는 궁식당에는 대부분 한인 손님들이었다. 탄자니아 주재 상사원들과 기업인, 국제관계 ngo 등 다양한 분들이 삼삼오오 모여앉아 고국의 소식과 탄자니아에서의 생활상을 주고받고 있었다.

메뉴판을 보고 김치찌개와 갈비탕, 김치파전 안주와 세렝게티(Serengeti) 맥주를 시켰다. 마침 어제가 정월대보름이어서 나물이 골고루 나온다. 콩나물, 고사리나물, 무나물, 당근나물, 시금치나물 등을 비롯하여 콩자반과 김치, 깍두기, 간장, 고추장, 동그랑땡 등 그야말로 고국의 풍요로운 어머니 밥상이었다.

"아하. 모처럼 안동댁이 베푼 풍요로운 고국의 어머니 밥상이네요!"

"푸짐하여 좋으네요!"

"이 좋은 밥상에 우리 건배가 빠질 수 없지요? 탄자니아식으로 은디지(Ndedge)로 할까요!"

"은디지, 와호오—호호호—"

대한민국 외무부 코이카 소속 자원봉사자 셋이서 이역만리(異域萬里) 머나먼 대륙 아프리카 동인도양 탄자니아에서 그간 겪으며 울고 웃었던 일화를 주고 받으며 이야기꽃을 피웠다.

임지에 도착하여 첫날 인근가게로 쌀을 사러갈 때 골목길을 걸었다. 비포장과 도랑에 물이 고여있고 흙먼지 날리는 을씨년스런 길은 무서웠단다. 너무나 긴장한 탓에 이마와 등어리에 식은땀이 주르륵 흘렀다. 길목 양쪽에서는 낯선 피부의 동양인을 보고 알아듣지 못하는 스와힐리어(Swahili)로 말을 걸어오는 검은 얼굴의 흑인들이 무서웠단다.

'갑자기 강도로 돌변하면 어쩌나…? 권총들고 나타나면 어쩌나…?'

또는 시장이나 시내로 물품을 사러갈 때는 같이 근무하는 현지인과 같이 가서 바가지요금을 방지하고 복잡한 시내거리에서 발생할 사고 등을 대비하느라고 식은땀이 흐르고 다리가 후들거렸단다.

그러나 1년여 지난 지금은 혼자서 시장과 시내를 들러 물건을 사고 맛있는 식사도 사 먹을만큼 언어와 문화에 낯이 익었단다. 주숙정 회장은 말한다.

"정이 들만하니까 탄자니아를 떠나네요? 시원 섭섭해요!"

그래서 응수를 했다.

"그럼 더 있다 가세요?"

그러자 주 회장은 정색하며 말한다.

"아니예요? 이때다 싶을 때 떠나는 것이 추억과 아쉬움이 따르지요. 짧지고, 길지도 않았던 1년이예요."

김정화 단원이 말을 받는다.

"젊은 스무살의 청춘. 찢어진 청바지에 손을 푹 찔러넣고 무작정 찾아온 이곳에서의 지난 일들은 눈물과 회한, 보람과 긍지로 점철된 나날이었어요."

"맞아요. 이역만리 먼 땅에서 낯설고 물설은 탄자니아에서 일은 젊은 날 우리들에게 찬란한 추억이 될 겁니다."

착잡하고 회한의 분위기를 다시 잡았다.

"자. 우리 건배해요. 우리들의 동인도양 탄자니아여! 우리가 간
다. 잘 있거레이!"

"오, 추억과 눈물, 보람과 긍지 가득한 탄자니아 밤이여! 저 정
월대보름달처럼 우리도 둥글게 둥글게 건배."

"내 사랑 탄자니아(Nakupenda Tanzania) 치얼즈(Cheers)!"

맛있는 음식과 맥주와 분위기에 취한 자원봉사자들은 하늘에
뜬 정월대보름날 밤 둥근달을 보며 건배를 외쳤다.

건배를 한 주숙정 회장이 말한다.

"김 교수님 오늘같이 의미깊은 날. 음악이 빠질 수 없지요? 통
키타로 풍악을 울려주세요."

그러자 김정화 단원도 맥주잔을 입가에 대며 거든다.

"맞아요. 이렇게 둥근달이 뜬 날 밤이 되니 고국이 더욱 그리워
요. 감성어린 통키타와 노래를 듣고 싶어요!"

"아, 좋지요. 그럼 저 보름달이 부럽도록 띄워볼께요. 여기는
탄자이니까 이 나라 노래를 한 번 하지요. 'Jambo'와 'Malaika'
를 부르지요. 같이 따라해요."

이역만리 아프리카 대륙 동인도양 탄자니아 광야의 밤. 마침 휘
영청 뜬 보름달이 머리 위에 쏟아지는 밤. 셋이는 통키타에 반주
에 맞추어 탄자니의 노래를 비롯하여 한국의 전통노래와 7080
포크송으로 넘어갔다. '아리랑' '고향의 봄' '가을사랑' '나 그대

에게 모두 드리리 '' 과수원길 '사랑해' 등을 함께 불렀다.

익어가는 초여름밤이 부럽도록, 더러는 서럽도록 셋이는 통키타 반주에 맞추어 '우리들의 이야기, 우리들의 노래'를 부르며 타국에서의 시름과 정한(情恨)을 쏟아냈다. 우리들의 노랫소리는 야자수 나뭇가지를 타고 동인도양 마사니만(Msasani Bay)파도를 타고 멀리멀리 퍼져나갔다.

그리움이 눈물이 되고, 향수는 고향을 부르고, 잔잔한 정은 어머니와 가족을 부르고 있었다. 아프리카 탄자니아 마사키 해안 궁 식당에서 우리들의 이야기, 우리들의 노래소리는 영원히 우리들 가슴속에 자리 하리라!

잘 가시오
잘 가시오.


그간 낯선 언어와 다른 문화속에서
1년여 울고 웃었던 고뇌와 보람의 나날은
자원봉사자에 찬란한 추억의 빛이 되리라!


그댈 보내고 얼마 후
우리도 뒤를 따라 또한 가리다.


가고 오고

또 오고 가는 것

이것이 우리네 삶이 아니던가!


저 휘영청 뜬 정월대보름달을

그대 가슴에 살포시 얹어드릴지니


외롭거나 쓸쓸할 때

울진의 밤하늘 보며 꺼내어 보고

추억을 그리리라!

　— 김한글 교수의 「아프리카 탄자니아 주숙정 자원봉사자 귀국기념

　　석별만찬귀국 만찬장에서」


*三行詩에 붙여


주 : 주리라 그대에게

숙 : 숙성된 찬란한 추억의 여정길

자 : 정말 스럽게 영원히 자리하리라!

# 크리스마스 이브에 만난 탄자니아 빵집 천사

따사로운 이른 아침 아프리카 동인도양에서 솟아오른 햇살이 숙소 앞 나뭇가지 사이로 영롱하게 쏟아진다. 참새 떼 지지귀귀— 지지귀귀— 몰려다니며 해맑은 언어로 새 아침을 노래하고, 저만치 까마귀 두 마리가 구우구우— 서로 반가운 인사를 나눈다.

김 교수의 오늘은 답답한 날이다. 지난 8월 해외에 자원봉사를 하겠다며 조국(祖國)의 부름을 받고 한국어 보급을 위하여 이역만리(異域萬里)아프리카 탄지나아에 왔다. 그러나 지난해 뇌출혈로 쓰러져 회복기에 있던 한국의 아내가 겨울철 추위에 안좋아지고 있어 임기를 앞당겨 귀국할 사정이 생겼다. 따라서 오늘 사무소와 탄자니아 주재 대사님에게 사정 이야기를 의논드렸다. 답답한 마음을 추스리며 숙소 부근을 산책했다.

늘 옆에서 챙겨주는 같은 학교 이예은 선임 교수님으로 부터 크리스마스 시즌을 맞아 이쁜 카드와 함께 케익 선물을 받았다. 오랜 세월 기억에 없을 정도 시공(時空)을 뛰어넘어 이역만리(異域萬里)아프리카에서 크리스마스 카드와 케익 선물에 눈시울이 뜨거워졌다. 답답함이 고마운 반전으로 채색되고 있는 가운데 이 교수님이 연락이 왔다.

"다르에스살렘 시내에서 빵가게를 하는 한국 분이 사정이 생겨 이번 주말 귀국하면서 매장의 빵과 갈비탕, 떡국떡, 어묵을 세일 한답니다? 저도 어제 사 왔는데 맛 있어요!"

"아, 그래요 고마워요. 그렇치않아도 반찬이 없어 걱정했는데 잘 되었네요. 안내에 고마워요."

본래 빵이나 다과류 등 군것질을 좋아하지 않는데? 갈비탕, 떡국떡, 어묵은 평소 좋아하는 선호식품이어서 귀가 솔깃했다. 그리고 같이 있는 후추 소녀에게 색다른 한국 음식을 소개하고 싶었다.

오후에 우버(Uber)차를 이용하여 다르에스살렘 시내에 나갔다. 킬와로드(Kirwa Rord)를 출발하여, 창고베 로드(Changombe Raord)를 거쳐, 시내 다운타운 카리야쿠(Kariakoo)와 키수투(Kisutu)를 경유하여 동인도양이 접한 마사키(Masaki) 주변 오이스터베이(Oyster Bay)로 가는 길은 바시(Basi)와 달라달라(Dalaaia), 삐끼삐끼(Pikpiki), 택시(Teksi)와 길거리 상인들로 뒤섞여 차가 정체되고 있다. 우버차는 에어콘을 가동했지만 30도 무더위로 차 안에서 손수건을 꺼내어 이마에 흐르는 땀을 닦았다.

더위와 많은 차량과 흙먼지로 복잡한 길을 1시간 정도 달린 우버차는 목적지 다르에스살렘시 음사사니(Msasani)거리에 있는 '빵스토리 베이커리(Ppang story barery)' 가게 앞에 멈추었다. 빵집은 아담한 규모와 깔끔하게 정리된 윈도우에 맛깔스런 빵이 가지런히 진열되어 있었다. 한국의 어느 빵집을 들어온 것 같이 착각할 정도로 장식과 디자인이 세련되었다. 흑인 여점원에게 한국인 매니저를 찾았더니 제빵실에서 작은 체구의 중년 한국인 남성이 나온다.

"안녕하세요. 반갑습니다. 아침에 전화드린 김한글 교수입니다."

"아, 그렇군요. 어서오세요. 환영합니다."

반가운 맘에 테이블에 앉았다. 앉자마자 맛있어 보이는 둥근 팥빵과 물을 내놓는다. 이 나라 가게에 들어가면 빵은 커녕 물 한 모금 내놓치를 않는다.

이런 분위기의 낯선 나라에서 처음 만난 사람한테 빵과 물을 내놓는 일이 어색하였다. 그러나 만면에 미소를 지닌 빵스토리 베어커리 성기준 대표님의 자애로운 모습이 따뜻하였다.

성 대표님과 대화를 나누다보니 한국 충청도 대전 동향(同鄕)이었다. 대전 중구의 은행동 100년 3대 가업(家業) '성심당(대표 임영진)'에서 제빵 기술을 배워 이곳에 빵가게를 개업했단다.

한국에서 전국적으로 잘 알려진 대전 성심당 임영진 대표는 김한글 교수가 잘 하는 분 이었다. '청소년선도 자원봉사'를 함께 했던 잘 아는 동네의 선배님이 아닌가! 반가운 마음에 동향인에 대한 이런저런 정담을 나누며 먹는 둥근 팥빵이 맛이 있었다. 대전 성심당의 빵맛을 닮아서 그런지 더욱 친근한 식감(食感)이 입안에 감겼다.

이곳 빵가게를 같이 운영하는 아들 '성형기'는 소설을 습작하는데 작가가 꿈이란다. 현재는 젊은 층의 인기를 끌고 있는 '웹툰 (Webton)소설'을 쓰고 있단다. 아들은 아버지와 같이 선교사로 파송되어 이곳에서 학교를 다니며 영어를 배웠는데 적응이 안된다면서 얼마 전 한국으로 귀국했단다.

"김 교수님 책을 38권 쓴 잘 알려진 중견작가이시군요. 앞으로 작가 지망생 아들을 잘 이끌어 주세요. 부탁합니다."

"아암요, 글을 쓰고자 하는 후학(後學)이 있으면 도와야지요. 어둡고 힘든 이 사회와 아름다운 세상을 가꾸는 길은 바로 시와 소설 같은 인문학(人文學)입니다. 문학은 시대의 등불 같은 역할이니 서로 이끌어 주어야지요."

"저도 이번주까지 빵가게를 정리하고 한국으로 귀국합니다. 2~3년동안 이곳에서 빵가게 정부허가를 위하여 각종 시설에 1억여원 투자를 했는데 다 까먹었어요. 이곳에 온 목적이 본래 한국 예닮교회 선교사로 파송되어 왔는데 이 나라에 '1억원 경제선교'를 했다고 생각하렵니다. 허허허—"

"아, 저런? 멀리 타국에서 돈을 벌어도 시원치 않을 터인데 손해를 보았다니 안타깝네요. 잘 정리하고 한국에서 만나요. 반갑습니다."

대화를 마치고 빵과 갈비탕, 어묵 등을 구입했다. 한편, 성 대표님은 큰 봉지에 별도로 빵과 떡국떡 등을 주섬주섬 담아준다. 또 자신이 먹고 있던 고추장과 재래식 된장을 준다.

"연세가 드시어 해외에 나와 자원봉사하느라고 고생하세요! 이

것 가져가 맛있게 드시고 부족한 영양을 보충하세요. 그리고 같은 고향 분을 멀리 이곳 타국에서 만나니 반가워요."

"아이고, 파는 상품을 이렇게 그냥 주시면 어떻게 해요? 1억여 원 까먹고 귀국하신다는데, 돈 더 받으세요?"

"아니예요? 타국에서 자원봉사를 하며 무슨 돈이 있다고……?"

"아이 참, 이를 어쩌나 고맙고 미안하여……!"

돈을 더 주려는 손님과 안받겠다는 주인에 '아름다운 한국인 특유의 상부상조 미덕(美德)'을 옆에서 지켜본 흑인 여점원이 빙그레 웃고 있었다. 외국인이 가게나 시장에 가면 주인은 값을 더 받으려 하고, 외국인은 깎는 모습만 보다가 모처럼 사람사는 세상의 아름다움을 느꼈다. 그러면서 생각을 했다.

'아, 이 분이 바로 크리스마스 이브날에 만난 탄자니아 빵집 천사로구나!'

1억이 넘는 큰 돈을 이역만리(異域萬里) 아프리카 탄자니아에 와서 손해를 보고 귀국하지만 성기준 선교사의 표정은 밝고 넉넉하였다. 대부분의 사업가들이 손해를 보고 사업을 정리할 때는 원망과 후회, 근심이 가득하지만 성 선교사님은 편안하고 여유가 있었다. 이는 아마도 두터운 신앙심의 자애로움이 아닐까!

전 세계 지구촌의 영원하고 완벽한 베스트셀러로 평가받는 성경 '잠언 22장 9절'에는 다음과 같은 유용한 성구가 있다.

"물질적으로 관대하게 베풀다보면 마음에 신기한 변화가 일어난다. 다른 사람에 대하여 관대해지고, 다른 사람을 잘 용서하며,

실망스런 일이 생기거나 조언을 듣게 될 때도 더 잘 듣게 된다."

　"조국의 부름을 받고 임기를 다 채우지 못하고 앞당겨 귀국하는 답답한 크리스마스 이브 날. 아프리카 탄자니아 빵집천사 성기준 선교사를 만나게 해준 같은 학교 이예은 교수님 고맙습니다. 그래서 이 사회는 살만한 가치가 있고, 이 세상은 아름다운가 봅니다!"


　— 인도속담
　"가정에서 마음이 평화로우면 어느 마을에 가서도 축제처럼 즐거운 일들을 발견한다.

# 탄자니아 다르에스살렘 숙소촌 한국어 교실 운영

아래는 김한글 교수가 머물고 있는 숙소촌에서 운영하는 한국어교실이다.

**□개요**

· 기 간 : 2019.12.3~2020.1.29(2개월, 18회, 36시간)

– 매주 화, 수요일 일과 후 매주 야간 4시간

· 장소 : 킬로만자로 홀(탄자니아 다르에스살렘 Salvation Aemy town)

· 인원 : 200여 명(주민, 장애인, 알비노〈Albino〉, 장애인, 일본, 영국인 등 외국인)

· 강사 : 한국어 문학박사 김한글 교수(Korea koica 한국어봉사단원)

Chuo cha diploma kikorea mwalimu

**◎세부운영**

1. 강의내용

가)회화위주의 한국어 지도

한국어의 알파벳(Alphabet) 자음과 모음을 소개하며 활용범례와 이치를 설명하고 한국어 인사, 가정에서의 존칭, 가족 친 · 인척 호칭, 시장에서, 여행지, 식당, 교통, 환전 등과 같은 회화위주의 한국어 지도

나)한국 태권도 시연 알림
한국 태권도 단원의 협조를 받아 국기(國技)인 태권도 시연과 호신술을 보여주어 한국의 우수한 체육기예 현황을 알림

2. 강의방법
가)동영상을 통한 시각적 효과
· 한국에 대한 전반적인 소개와 한글의 유래, 한국의 드라마나 영화 '대장금' '주몽' 등을 소개하는 한편, 한국의 국기(國伎)태권도의 우수성을 동영상을 통하여 한국문화 전파

나)음악을 통한 한국어의 지도
· 한국어 학습가구인 통기타를 연주와 노래로 한국 전통가요 '아리랑'과 '과수원 길' 등의 동요의 합창으로 노랫말을 통한 자연스런 한국어의 친밀감으로 한국어를 익히는 한편, 세계 공용어 (公用語) 음악을 통한 공감대 형성

다)참여와 시연을 통한 주체로 공감의 극대화

· 참여자가 직접 한국어 발표와 시연을 통하여 한국어 기능의 주체성 확립으로 인한 공감의 극대화

## ◎운영효과와 강사의 노력

· 한국어를 주야로 지도하여 해외에 알리는데 극대화로 세계 공용어로 자리매김하고 있는 자랑스런 한국어를 전파하여 대한민국의 이미지와 위상을 제고시켜 국위선양

· 현재 김한글 한국어 문학박사가 거주하는 아프리카 탄자니아 다르에스살렘 '샐베이숀 아미(Salvation Aemy town)'는 일반주민과 알비노〈Albino〉, 장애인, 일본, 영국인 등 외국인 등 200여 명이 집단거주 지역에서의 한국어교실 운영은 바람직한 국위선양 실천 사례

김한글 교수는 탄자니아 다르에스살렘 기숙사촌 한국어 교실 운영으로 나중에 감사장을 받았다.

김 교수는 다르에스살렘 기숙사촌 한국어 교실 운영하던 중에 타국에서 설날 아침에 한반도의 어휘와 동포와 교포에 대하여 생각을 해보았다.

즐겁고 행복한 설날을 맞아 세계 최고라는 대한민국 국제인천공항을 통하여 한민족을 비롯하여 전 세계의 많은 사람들이 오가고 있다. 2019년 창립 20주년을 맞은 인천국제공항은 개항 18년

만에 3배가 넘는 국제여객운항을 기록하며 세계 최고의 공항으로 우뚝 서고 있다. 지난해 인천국제공항 이용객은 전년도 대비 10% 증가한 6,768만명으로 사상 최대를 기록했다. 파리 샤를드 골 공항(6,638만명), 싱가포르 창이공항(6,489만명)을 제치고 개항 이래 최고를 기록했다.

각종 최첨단 공항서비스와 시설, 운항기, 승객 이용량이 세계 최고를 기록하는 대한민국 국제인천공항에는 국내외 해외여행, 해외유학, 해외교류, 해외근무, 해외기업, 해외개발, 해외자원봉사자 등으로 문전성시를 이루고 있다.

이때 '해외'란 말을 사용하는데 이 말은 스스로 모순을 안고 있다. '해외'란 말 자체가 바다 밖으로 나간다는 말이다. 일본이나 말레이시아 같은 섬나라 국민이 외국 나갈 때 사용하는 말이어야 한다.

이에 비하여 우리나라의 지형은 어떠한가? 아시아 대륙 러시아와 중국이란 큰 대륙 끝자락에 붙어 있는 육지이다. 우리나라 지형이 반쯤 바다에 걸쳐있는 반도(半島)라서 한반도(韓半島)이다.

또 여기에도 문제는 있다. 러시아, 중국, 일본 등에서도 우리나라를 조선반도라고 하는데, 우리는 '한반도'라는 말을 사용한다. 그래서 얼마 전 '한반도'라는 영화까지 나왔다. 남한 뒤에 북한이 버티고 있어 자유롭게 오가지도 못해 한반도라서 '한한반도(韓韓半島)'라고 불러야 하지 않을까…?

일본이나 미국 정도야 현해탄과 태평양을 건너 해외로 나간다고 하자. 그러나 북한과 중국, 러시아는 육지로 이어져 있다. 우리가 외국에 나갈 때는 육로로 나갈 수 있다. 승용차나 열차, 트럭 등을 이용 중국, 러시아, 유럽, 아라비아, 아프리카까지도 갈 수 있다.

우리나라 외국여행은 일본과 미국 정도를 제외하곤 해외여행이 아닌 '국외여행' '외국유학' 이라 해야 맞다. 1천만명으로 추산되는 해외교포가 아니라 재중, 재일, 재러, 재미동포라고 부르자.

여기에서 동포와 교포의 의미는 어떠한가? 우리나라를 벗어나 외국에 살고 있는 동포(교포)는 낯선 외국에 나가있지만 늘 한국인임을 자랑스럽게 여기고 산다. 외국에 거주하는 동포들의 애국심은 월드컵 같은 국제경기 때 잘 나타난다고 한다.

특히, 근래는 한류(韓流)의 확산으로 지구촌이 뜨겁다. 2000년대 초반 한국 드라마들이 국외로 수출되면서 '겨울연가'는 주연의 배우 배용준이 '욘사마'로 불리며 일본에서 선풍적인 인기를 비롯하여 이후 '대장금' '주몽' 등이 잘 알려져 있다.

그런데 여기에서 우리는 동포와 교포를 혼용하고 있다. '동포(同胞)'는 같은 핏줄을 이어받은 민족이다. 동일한 민족의식을 가진 민족을 말한다. 반면 '교포(僑胞)'는 다른 나라에 사는 동포로써 거주지를 기준으로 하기 때문에 '동포' 보다 좁은 의미로 사용한다.

'동포'는 국내동포와 재외동포로 나뉘며, '재외동포'가 곧 '교포' 이다. 따라서 '재외교포'란 표현은 어색하고, '재외동포' 나

'교포'라 또는 교민(僑民)이라고 부른다.

'재일동포' '재일교포' 모두 맞는 말이다. 다만, 미국의 경우 '재미교포', 일본은 '재일동포'란 말에 익숙한 것은 역사적, 지형적인 사실과 거주국의 법적 지위 등이 자연스럽게 반영된 결과이다. 북한동포를 '교포'라 하지 않는 것에는 남북이 같은 나라, 한 겨레라는 뜻이다.

중국이나 러시아 역시 '교포'보다 '동포'라는 말에 익숙한 것은 그들의 이주역사나 처지를 반영 우리의 동포임이 강조한 것이다. 또 중국동포를 '조선족'이라는 표현보다 '조선동포'가 맞다. 중국인들 입장에서 소수 민족인 우리 동포를 조선족이라고 부르지만 우리마저 이렇게 부르면 안된다. 러시아(중앙아시아) '고려인' (카레이스키←까레이쯔)도 마찬가지 의미이다.

2020년 庚子年 새해를 맞아 이역만리(異域萬里) 아프리카 동인도양 탄자니아에서 쓸쓸히 머물며 대한민국 한반도(韓半島)의 지형에 따른 어휘와 설날을 맞아 국제인천공항을 오가는 한민족의 대이동을 보며 동포와 교포의 의미를 살펴보았다.

# 설날맞이 탄자니아 한인회(韓人會) 행사

김한글 교수는 2020년 1월 25일 설날을 맞아 탄자니아 한인회
(韓人會 · 회장 염윤화 · 자멘밥 민박 · 세렝게티 아셈블리 대표)가 주관한 설
날맞이 한민족 한마당 잔치에 많은 한인(韓人)들이 참석하였다.

김 교수는 이날 새해 서예와 통기타를 지참하여 한인회원들을
위하여 7080노래를 했다.

이날 행사는 한인회 회원들 중심과 한인교회(최병택 목사), 한글
학교(황은주 교장) 한국대사관과 코이카, UAUT(United African
University of Tanzania)대학 교수진과 학생들, 탄자니아 진출한 기
업인들과 한인들이 다양한 전통놀이 체험과 볼거리, 느낄거리, 먹
거리를 체험했다. 아프리카 동인도양 바다에 저녁노을이 질 무렵
마사키 스포츠클럽 농구코트장에서 열린 설맞이 만남의 날 한민
족 화합 한마당 행사는 화기애애하게 열렸다.

한민족 설맞이 한마당 행사는 이승훈 상공회 회장(코오롱상사 지
사장)의 사회로 진행이 되었는데 염윤화 한인회 회장의 환영인사
와 조태익 탄자니아 한국대사의 축사를 시작으로 어린이들의 단
체 세배와 덕담으로 열려 참석한 많은 참석자들의 격려와 응원의
박수를 보냈다.

이어 탄자니아 한글학교 학생들이 황은주 교장의 지도 아래 합주와 합창이 감미롭게 울려퍼져 참석자들에게 감흥을 주었다. 또 이어 UAUT 국가대표급 태권도시범단의 절도있는 태권도의 기본자세와 2단으로 날아올라 송판(松板) 격파하기, 발로 날아차기 등을 선 보이자 참석자들은 환호의 박수를 보냈다. 또한 사회자의 즉석 제안으로 주 탄자니아 조태익 대사의 발로 송판 격파하기는 참석자들의 재미를 더하여 주었다.

또 참석한 한인들의 트롯뽕 노래경연대회에 6팀이 참가하여 개성있는 노래솜씨와 댄스를 연출하여 흥겨운 무대를 빛내주었다. 이 가운데 조태익 대사부부의 잉꼬듀엣 결고운 흥겨운 노래솜씨는 애틋한 사랑의 박수를 많이 받았다.

그리고 탄자니아 외교대학 한국어학과에서 강의를 하는 문학박사 김한글교수가 통키타로 꾸민 7080 추억의 무대는 참석자들을 흥겨운 분위기로 띄웠다. 또한 김한글 교수는 이날 2020년 경자년 새해를 맞아 서예로 휘호를 즉석에서 써 입구와 무대 양쪽에 게시하여 무병건강 발복기원(無病健康 發福祈願)을 빌었다.

한인회 주관의 설맞이 한민족 한마당 행사는 이승훈 사회자의 재치로 중간중간에 푸짐한 경품을 제공하여 참석자들의 기대와 당첨이라는 재미를 더하여 더욱 빛이 났다. 트롯뽕 노래경연대회에서 1등을 입상한 서동찬 로라 가발 지사장과 3등 입상의 양진주 (주)싸나 지사장이 입상으로 받은 상금을 한글학교 후원금으로 즉석에서 내놓는 미담(美談)이 있었다.

특히, 한인회에서 알뜰살뜰하게 여러날 준비한 한국의 전통음식은 겉절이 김치와 떡국, 갈비, 부침이, 김밥, 고사리. 잡채 등을 준비하여 이역만리(異域萬里) 외로운 타국에서의 고유의 한식을 맛보는 감사의 보람이 이날 한민족한마당 잔치 백미(白眉)로 손꼽혔다.

이번 행사를 준비한 한인회 코탄(雅號 코리아 · 탄자니아) 염윤화 회장은 이렇게 말한다.

"설맞이 한민족 한마당 잔치는 2020년 경자년 순백의 새해를 맞아 힘차게 떠오르는 동인도양 햇살처럼 한인들의 하는 일에 원만한 성취와 가내 다복함을 기원하고 덕담하는 따뜻한 만남의 자리였어요. 우리 한인들의 풍요와 번영, 희망과 기회의 서막의 흥겨운 설맞이 행사는 푸짐한 볼거리와 느낄거리, 어울릴거리, 먹거리의 장이 되었어요. 바쁘신 공무에도 불구하고 참석한 조태익 대사님과 코이카 사무소 남규철 소장님을 비롯하여 많은 한인들이 참석하여 주시어 고맙습니다."

주 탄자니아 조홍익 한국대사는 2020 설맞이 한마당 잔치에 참석하여 이렇게 말한다.

"설날에 많은 한인들이 모여 2020년 새해 덕담과 건강을 기원하는 좋은 자리였어요. 먼 타국에서 이렇게 많은 한인들을 만나 우리 고유의 전통민속놀이와 즐길거리와 한식을 푸짐하게 한인회에서 마련하여 모처럼 보람과 흐뭇함이 꽃피는 자리가 되었습니다. 고국의 국민 여러분과 이곳 탄자니아 한인 여러분의 건강과 다복함을 기원합니다. 감사합니다."

25일 설날을 맞아 동인도양이 보이는 마사키 스포츠클럽에 코이카 탄자니아 사무소 남규철 소장을 비롯하여 코이카단원 다르에스살렘 친목회 주숙자 회장과 김정화 간호분야, 유영철 사회복지, 김한글 한국어, 이예은 국어 단원 등이 참석했다.

이 가운데 킬와로드 외교대학에서 한국어 강의를 하고 있는 이예은 단원은 늦게까지 행사에 함께하며 소감을 이렇게 말했다.

"탄자니아에 온지 1년이 되었는데 한국인을 한꺼번에 200여명을 만난 것은이번이 처음이어요? 행사시간 내내 참석 한인들과 한국어로 대화를 하니까 여기가 타국이 아닌 한국같다는 생각이 들었어요. 이런 보람의 자리를 마련해준 한인회 염윤화 회장님 고맙습니다. 새해 복 많이 받으시고 행복하세요."

모처럼 타국에서 만난 한인회 교민들은 이런 저런 소식을 주고받았다. 탄자니아 다르에스살렘 마사키 스포츠클럽 농구코트장에서 한인회 염윤화 회장을 중심으로 대화를 나누었다.


한 교민이 말한다.


"다르에스살렘에 사는 어느 교민의 아들이 공무원시험에 합격하여 탄자니아 정부 외교부에 배치되었대요."
"네, 반가운 소식이네요. 우리 교민들 권익보호에 도움이 되겠네요."

또 옆에 있는 교민이 말한다.

"우리 옆집에 사는 교민 딸이 대사관에 근무를 한다네요."

"참 잘 되었네요."

또 한 사람의 교민이 말한다.

"잘 아는 분은 한국에서 총각으로 건너와 아이가 둘이나 딸린 흑인 여성과 동거를 하여 다시 아이 둘을 낳았대요."

"허허, 그 총각이 '코토토(Korea+Mtoto 아이)'를 낳았네요."

다른 교민이 심각한 표정으로 말한다.

"그런데요. 어느 한국 남자 분은 한국에 부인이 있는데도 이곳 현지 흑인 여성과 동거를 시작했어요. 그런데 며칠 간격으로 그 흑인 여성이 여동생, 오빠, 엄마 등 가족을 한국인 남자숙소에 데려와 같이 살자고 하더래요?"

"어, 어짜라고……?"

"가족을 책임지라는 거지요?"

"그래서 결국은 한국인 남자가 무릎을 꿇고 사과하며 거액의 위로금을 주고 그 흑인 여성과 가족을 달래서 내보냈대요. 허허허—"

"호호호— 그 한국 남자 큰 코를 떼었네요. 참 내—"

# 한국어 자원봉사자
# 이예은&김우영 교수 귀국 환송연

외교대학 교수진과 학생 등 그간 노고 갈채와 壯途빌어
(Korea Koica Volunteer home coming)

대한민국 한국어 자원봉사단 이예은&김우영 교수 귀국 환송연
**(Korea Koica Volunteer home coming)**
그간 수고했습니다! 행복했어요! 안녕히 가세요!
**2020.1.30(목) The Salvation Army**
아프리카 모잠비크 &탄자니아 대외관계 외교대학
Africa Mozambique Tanzania Dar es salaam
Cente for Felations Chuo cha Diplomasia

학교 송별회 전 날 밤. 샐배이션 숙소에서 김한글 교수, 후추 소
녀와 코토토, 후추 고양이 네 명이서 맥주를 한 병 따라놓고 송별
전야제를 가졌다.

"후추 소녀. 어찌하였건 혼자 있는 나 한테와서 외롭지 않게 같
이 있어 주어 고마워요. 코토토 잘 키워요. 그리고 후추 고양이야
그간 애교를 부려주어 고맙다."

후추 소녀는 눈물을 글썽이며 고개 숙이고 말한다.

"Dr. kim. Asante Asante.(고마워요)"

"Zipo Mzims.(잘 있어요. 건강해요)"

김 교수는 눈물이 나왔다. 우연한 기회에 함께 살게된 후추 소

녀. 약간 부족해 보이지만 착하고 말이 없던 후추 소녀였다. 오갈 데가 없어보여 김 교수는 숙소 본부에 1년치 숙소비를 미리 내주 었다. 그리고 후추 고양이도 잘 보살펴주라며 당부를 했다.

"아마도 이들과 인연도 여기서 막지막이 될 것 같구나. 흐흐 윽―흐흐윽―"


다음날. 아프리카 동인도양 탄자니아 외교대학 한국어학과 자 원봉사자 대한민국 이예은 · 김한글 교수 귀국 환송연(Korea Koica Volunteer home coming) 이 지난 2020년 1월 30일(목) 다르에스살 렘 킬와로드 샐베이숀 아미 레스토랑에서 외교대학 교수진과 학 생, 자원봉사자 등 참석한 가운데 성대하게 진행되었다.

환송연에는 이예은 · 김한글 교수가 강의했던 외교대학(Director Dr. Ponera) 닥터 안니타(Dr. Annita) 언어학과장과 동료 교수, 학생 들, 샐베이숀 아미 마크 사룽지 메니져(The Salvaion Army Mark Sarungi Manager) 등 관계자와 일본 자이카, 코이카 자원봉사자 등 30여 명이 참석하여 그간의 노고에 갈채와 귀국길 장도(壯途)를 응원했다.

환송연은 외교대학 닥터 안니타 언어학과장과 샐베이숀 마크 사룽지 메니져의 감사 인사말과 이예은 · 김우영 한국어교원 답례 귀국인사를 했다. 이어 탄자니아 외교대학에서 귀국길 한국어 교 원에게 그간 노고에 대한 감사장을 수여했다. 반면, 이예은 · 김한 글 교수도 외교대학에 그간 도와준 답례로 감사장과 김한글 교수가 직접 쓴 서예작품을 선물로 전달하는 흐뭇한 장면에 참석자들은 갈채를 보냈다. 이어 이예은 · 김한글 교수는 그간 학업이 우수한 학생들에게 상장을 수여하였다.

귀국길 환송연 답례로 김한글 교수가 직접 통기타를 연주하며 송별의 노래를 하는 한편, 참석자가 다 같이 노래하는 화합의 자리를 갖고, 끝으로 저녁식사를 함께 하며 서로 감사의 인사와 위로를 흐뭇하게 나누었다.

"교수님 그간 수고했어요. 고마워요. 안녕히 가세요."

"그간 도와주고 이끌어주어 고마워요. 내내 건강하세요."

환송연에 참석한 탄자니아 외교대학 언어학과장 Dr. Annita는 흐뭇한 미소를 지으며 소감을 이렇게 말했다.

"Sara 이예은 · 김한글 한국어 자원봉사자가 막상 한국으로 돌아간다니 섭섭하고 아섭네요. 학교 학습환경과 교구자료 등이 미흡한데도 잘 견디며 학생들에게 한국어를 열심히 지도하여 고맙습니다. 특히 가는 날 까지 월급이 없는 자원봉사자임에도 불구하고 주머니를 털어 학교 교수들과 학생들에게 식사와 선물을 대접하는 모습을 보며 역시 '세계 10대 강국 대(大)한국인' 답다는 생각이 들었습니다. 귀국 후에도 우리 학교를 사랑해주시고 하는 일 잘 되기를 바랍니다. 안녕히 가세요. 그간 수고했어요. 고마워요."

또한 이예은 · 김한글 교수에게 쾌적하고 편안한 숙소를 제공한 Salvaion Army Mark Sarungi Manager는 손을 잡으며 위로의 말을 한다.

"이예은 · 김한글 한국어봉사자가 별다른 어려움이 없이 잘 생활해주어 고맙습니다. 언제나 친절하고 청결한 자세로 숙소를 사용해주어 고맙습니다.

특히 김한글 교수는 종종 통기타를 가지고 사무실에 놀라와 노래를 해주고 한국에서 가져온 소중한 선물을 전달하며 다정한 친구로 잘 지냈어요. 그래서 닥터 김이 좋아 반하여 4개월 동안 구내식당에서 아침식사를 무료로 제공했어요. 한국에 잘 귀국하여 행복하시고 좋은 인연으로 다시 만나요. 안녕히 가세요."

탄자니아 샐베이숀 귀국 환송연을 마친 이예은 교수는 고운 모습에 입가에 미소를 띄우며 감사의 뜻을 전한다.

"탄자니아 생활 1년여 잘 마무리 하고 가게 되어 고맙습니다. 그간 학교와 학생들 협조와 숙소 Salvaion Army의 편안한 쉼터 제공으로 잘 쉬었다 갑니다. 귀국길 그간 한국어교육으로 바빠 못 가 본 인근의 남아공화국과 4년여 학업차 머물렀던 필리핀 University of Baguio 모교에 들러 은사님께 인사를 드리고, 친구들을 만나고 가려고 합니다. 귀국 후에는 대학원에 진학하여 국제관계학과 한국어학을 더 연구하여 훗날 대한민국 국위를 선양하겠습니다. 건강하시고 안녕히 계세요."

이날 환송연을 함께한 김한글 교수도 한국어 자원봉사에 대한 긍지와 보람으로 귀국소감을 말했다.

"지난 1443년(세종 25년) 한글을 창제하신 세종대왕이 이역만리

(異域萬里) 아프리카 탄자니아에 까지 와서 한국어 자원봉사를 펼치는 우리를 얼마나 자랑스럽게 생각 하실까! 하는 생각이 듭니다. 낯선 언어와 문화, 더위와 습도로 인하여 그간 고생 많이 했어요. 다행히 외교대학의 교수진과 학생들의 협조가 있어 짧지만 한국어 자원봉사를 대과없이 잘 하고 갑니다. 그리고 숙소 Salvaion Army Mark Sarungi Manager의 각별한 배려로 잘 머물다 갑니다. 특히 친구로 지내며 아침 식사를 매일 4개월동안 무료로 제공하여 주어 고맙습니다. Nakupenda Tanzania Rafiki Mark Sarungi!"

## Korea Koica 김한글 교수 귀국 준비일정

**□준비개요**

1)귀국일정
 * 카타르 항공(도하 환승)은 짐 40kg까지 허용, 또는 아랍 에미레이트 항공(듀바이 환승)직항이 빠름, 코이카 사무소에 위 항공편 의견제시(에디오피아 항공은 느림)

2)CFR 일정준비
 · 제1회 중간고사 : 2019.11.25~12.6
 · 제2회 중간고사 : 2020. 1월중

· 학기말 강의종료 : 2020.1.31
· 학기말 시험 : 2020.2.3.~2.14


*한국어 시험은 2월 3일~4일중 임의시행, 2월 5일 성적통보


· 한국어 세부경력증명서
– 한국어 시수 증명서 3부 : CFR-코이카사무소


3)코이카 사무소 준비
· 인수인계서 : 계약만료일 1개월 전 후임 봉사단원이 없는 경우 사무소 제출(해외봉사단파견사업 시행세부지침 제20조 및 귀국지침 제19조)
· 귀국 화물발송 준비 : 이예원 · 김한글


4)송별만찬 행사 : 진행 김원종 한국어교원 다르에스살렘대학)
· 일시 : 2020.1.30(목) 오후 5시
· 장소 : 샐베이숀 레스토랑
· 경비 : 200,000실링(이예원 100,000, 김한글 100,000)
– 식사 20명*5,000실링 : 100,000실링/ 맥주 음료 등 100,000실링
· 인원 : 20여 명
– 귀국단원 : 이예원 · 김한글 2명

- CFR : 닥터 안 등 2명
- 디플로 2, 바첼 2 : 4명(임원)
- 바첼 1 : 4명(임원)
- 샐베이숀 : 6명(마크, 리셉션, 시설 및 정문수위)
- 곽동원 · 김원종 자원봉사 단원 및 자문단 교수 : 3명
- 일본 Jica 자원봉사 단원 : 2명


* 만찬 현수막은 김한글 단원 서예로 친필준비


· 송사(送辭)
- 외교대학(CFR)닥터 안 · 샐베이숀 마크 메니저
· 답사(答謝)
- 이예원 · 김한글 교수
· 감사장
- CFR 닥터 안이 이예원 · 김한글 교수에게
- 이예은 김한글 교수가 CFR 닥터 안에게
- 이예은 김한글 교수가 샐베이숀 마크 메니저에게


· 성적 우수학생 상장
- 디플로 2, 바첼 2 : 4명/ 이예원 교수가 학생에게
- 바첼 1 : 4명/ 김한글 교수가 학생에게

· 송별의 노래
- 김한글 : 탄자니아 노래 '말라이카' / 통키타 연주
- 합창 : 학생들 단체 '사랑해' '잠보' / 통키타 연주


· 단체사진
- 참석자 다 같이

# 한국어 자원봉사 귀국길 / '코로나 19 바이러스 괴물' 이 삼킨 황량한 대한민국

## □여는 시

가련다 나는 가련다
저 멀리 세계지도에서 한 번도 본 적 없는
아프리카 동인도양 검은진주 탄자니아 대륙

사랑하는 아내와 가족들 뒤로하고
소중한 사람들 손 처연히 떨쳐놓고
여기 지구촌 나그네 길을 가련다

1443년 세종25년 만든 한글, 한국어
검은대륙에 대한민국 태극기 꽂고
널리널리 국위를 선양하리라

낯선 말과 낯선 문화가
더러는 회한의 눈물일지라도
위안의 술잔 삼아 마시리라

광야에 뜬 밤하늘 별빛
야자수 나무 사이로 부는 동인도양 밤바람
귀밑으로 흐르는 멀리 적도 남극의 숨결

가련다 나는 가련다
저 멀리 세계지도에서 본 적이 없는
아프리카 동인도양 검은진주 탄자니아 대륙

세렝게티 대평원에 살아 움직이는 반투족과 마사이족
빅토리아 호수, 킬로만자로 산이 있는 곳으로—
— 김한글 교수 詩「지구촌 나그네의 길」全文


　김 교수는 귀국하는 비행기 안에서 조용히 눈을 감았다. 지난
탄자니아에서의 울고 웃었던 나날들이 주마등처럼 스친다.
　시장의 쌀을 사러 가는데 혼자 진흙탕이 있고 바람이 부는 을씨
년스런 골목길을 걸었다. 주변에서 알아듣지 못하는 스와힐리어
(Swahili)로 말을 걸어오는 검은 얼굴의 사람이 금방 튀어나와 강
도로 돌변하지나 않을까? 하는 무서움으로 이마에 식은땀이 흐르
던 시절. 또 가게에서 생활용품을 사는데 바가지를 씌워 화가 난
일. 시장에서 물건을 사고 바자지(Bajaji, 삼륜차)를 타고 숙소로 돌
아와야 하는데 반대로 가다가 중간에 내려 걸어오며 속상하여 울
던 일. 숙소에서 밥을 먹는데 도마뱀이 기어가는 바람에 깜짝놀라

먹던 밥을 토하던 일. 학생들이 수고를 했다며 음료수를 전해주어 고마워 눈시울을 붉히던 일 등 많은 일들이 주마등처럼 스친다.

탄자니아에 도착하여 이 기회에 체중감량을 하기로 하고 다이어트를 했다. 하루 6번의 식음료를 다 먹으면 살이 찔 것 같았다. 탄자니아는 아침 점심 저녁 외에 3번을 더하여 6번의 식사와 간식을 한다. 한국과 6시간 차이가 나는데 아침은 아수부히 차쿨라(Asubuhia Chakula)라고 하여 간단한 토스트와 우유를 마신다. 오전 10시에는 차이타임(Chai time), 또는 브레이크(Beuleikeu)라 하여 차와 우유, 빵을 먹는다. 정오 12시 식사는 음차나 차쿨라(Nchana Chakula)라고 한다. 이어 오후 4시에도 차이타임(Chai time)을 갖고, 저녁은 지오니 차쿨라(Jionij Chakula)라고 하여 저녁을 먹고, 밤에는 우시쿠(Usiku) 차이타임(Chai time)을 갖는다. 이렇게 하여 총 6번의 식음료를 한다. 그래서 아프리카 사람중에는 비만이 많아 노후에 당뇨와 성인병 환자가 많이 발생한다. 이런 식생활 습관은 아프리카는 역대로 영국과 독일, 포르투갈 등 서양의 점령하에 기인하였고 한다. 물론 이러한 식음료 시스템은 학교나 기관 등 어느 정도 살만한 환경의 경우이지 시골의 못사는 서민들과는 거리가 멀다.

김 교수는 하루 6번의 식음료는 탄자니아 입국 1달 정도 교육받을 때의 호사(好事)이다. 학교 임지에 배치되어 숙소에 혼자 살 때는 국내식당 아침을 제외하는 하루 두 끼를 숙소에서 밥을 해먹었다. 자취경력와 부엌출입이 없는 입장에서 어려움이 많았다. 한국에서 가져간 1인용 전기밥솥에 밥을 하다가 쌀이 설어 버린 일. 밥을 태워 버린 일. 밥하기 귀찮아 미리 많이 밥을 해놓고 찬밥을 떠먹곤 했다. 어떤 때는 밥하기가 귀찮아 학교에서 끝나고 오면서 맥주와 바나나를 가져와 마시고는 그냥 잠을 자곤 했다. 이러다보니 불규칙하고 부실한 식생활로 몸이 수척해졌다.

탄자니아 도착 초기에는 다이어트를 했으나 시일이 지나면서 현지 환경에 힘들어 체중이 10kg까지 감량이 되었다. 매일 30도가 넘는 무더위에 하루종일 땀을 흘리고 저녁에 숙소로 오면 어지러웠다. 학교에서 오전 강의 후 점심에 숙소 도착하여 샤워와 세탁, 또 오후 강의 마치고 저녁 때 후 숙소에 와서 샤워와 세탁을 하였다. 이 경우는 전기와 수도가 정상적일 때의 환경이다. 수시로 전기와 수도가 나갈 때는 아주 난처하였다. 가족과 주변에서는 김 교수의 야윈 모습을 사진으로 보고 걱정을 하였다. 특히 고국 아내가 병약하여 고생하는데 아프리카로 간 가장의 건강이 해치면 안된다며 귀국을 권고하였다.

"엄마가 늘 아파 걱정인데 아빠마저 아프면 안되어요?"

"한국어 국위선양 자원봉사도 좋치만 건강이 우선이니까 귀국했으면 좋겠어요."

이에 따라 김 교수는 귀국하기로 하고 한국해외봉사단 탄자니아 사무소와 협의하였다. 낯선 땅에서 30도를 웃도는 더위와 습도로 고생을 마치고 지난 2월 말 귀국하였다. 탄자니아 공항에서 비행기를 타고 2일간에 걸쳐 머언— 하늘길로 고국을 돌아왔다.

탄자니아 국제공항 율리우스 나이어이(Julius Nyerere)은 우리나라 작은 지방공항 크기의 규모였다.

오후 5시 30분 탄자니아 공항을 출발한 카타르 항공은 이륙하여 6시간을 비행하였다. 동인도양 바다 위를 솟아오른 비행기는 케냐 몸바사를 옆에 끼고, 소말리야 해협과 오만 아라비아해를 지났다. 3,900피이트 상공에서 시속 548스피드로 날아오른 비행중에 기내 도시락을 먹으며 좁은 의자에서 맛있게 먹었다. 그러는 사이 중동 산유국 부자의 나라 카타르 도하(Doha) 국제공항에 도착하였다.

카타르 도하 국제공항에서 2시간을 기다렸다. 비행기를 환승하기 위하여 걷다가, 또는 소형 트램을 타고 E-3 게이트로 향하였다. 아프리카 탄자니아에서 그간 각종 보도를 통하여 들은데로 신종 '코로나19 바이러스' 예방을 위한 마스크 일행을 도하 국제공항에서 보이기 시작했다. 이들을 보고 '아, 드디어 한국으로 가는 비행기이구나!' 하는 현실을 느꼈다. 도하 국제공항 대기석에는 아프리카 전역과 중동, 유럽 지역에서 한국을 가기 위하여 기다리는 한국인 승객들이 보인다. 더러는 외국인 승객들도 보였으나 한국인 승객을 따라 마스크를 끼고 있었다. 기다림 끝에 새벽 2시 10분 탑승하였다. 승객을 태운 비행기는 규모가 큰 도하 국제공항을 이륙하여 이란, 아프가니스탄 하늘을 날고 있었다. 도시락을 두 번 먹으며 8시간 비행을 하면서 중국 서부지방 쿤룬산맥과 비엔카란산맥 창공을 날았다. 중국 허베이성과 베이징을 옆에 끼고

황해를 날아 대한민국 인천공항으로 접근하고 있었다. 낯선 타국에서 언어와 문화, 교통편, 식사와 잠자리가 불편하여 꿈에도 그리고, 그렇게도 오고 싶고, 보고 싶던 고국 눈부신 인천국제공항에 오후 4시 40분 도착 하였다.

대한민국 인천 국제공항에 도착하였다. 언제나 사람이 많고 부산한 인천 국제공항 분위기가 한가하고 공항 직원들의 마스크 행렬, 위생복 차림으로 을씨년스러웠다. 이런 위압적인 분위기 속에서 마스크를 안 쓴 사람이 이상하게 보여 미리 준비한 마스크를 착용했다. 입국로 따라 걸으며 문의 할 일 있어 핸드폰 대리점에 갔더니 얼굴을 외면한다. 고객을 쳐다보지도 않고 핸드폰은 만지지도 않고 간단히 답변만 한다. 엘리베이터 입구에서 마스크 쓴 사진이 필요하여 입구에 서 있는 직원한테 핸드폰 촬영을 부탁했더니 사양한다.

"죄송합니다. 사양합니다."

"……? 본래 대한민국 인천 국제공항 직원들은 친절이 세계 최고 수준이었는데? '코로나 19 바이러스' 괴물이 따뜻한 고국인정을 빼앗아 가는구나!"

혼자말로 중얼거리며 큰 가방 2개와 배낭, 기타 등 4개의 짐을 무겁게 들고 인천국제공항 지하에서 전철을 이용 서울역으로 직행했다. 한국에 와서 처음 이용한 깔끔한 전철을 보며 대한민국 선진국을 새삼 느꼈다. 아프리카 탄자니아 도로는 무더운 35도를 웃도는 기온에 흙먼지 날리고, 바람이 불며, 중간 중간 움푹 패인도로를 따라 가는 길은 불편하였다. 여기에 수시로 문은 두들기는 거리의 상인과 걸인들, 보통 차 밀리면 몇 시간씩 걸리는 교통 정체사정에 답답한 일이 부지기수였다.

대한민국의 수도 서울역에 도착하였다. 역내는 승객들이 전부 마스크를 쓰고 있었다. 마스크를 안 쓴 사람이 없을 정도이다. 마스크 승객행렬을 따라 대전행 열차에 몸을 실으며 안도의 숨을 쉬었다.

"아, 이제야 집에 가는구나. 아프리카에서 죽어서 나오지 않고 살아서 두 다리로 걸어 나왔구나."

탄자니아에 있으며 풍토병인 말라리아나 댕기열병으로 죽어 나가는 경우와 아파 고국으로 이송되는 환자 등을 보았다. 또한 숙소에서 혼자 살며 잠을 자다가 갑자기 자연사(自然死), 고독사(孤獨死) 하는 경우도 있다. 이런 경우 사망 후 한참만에 발견되는 경우가 있다. 애석한 일이었다. 먼 나라 타국에 와서 사망으로 인하여 고국으로 간다면 얼마나 가슴 아픈 일이며, 가족들은 또한 얼마나 슬픈 일인가? 우리끼리 하는 말이 있다.

"임기 기간을 잘 마치고 무사히 살아 두 다리로 고국에 가는 것이 목표!"

"아암, 아프지 말고 건강하게 가족 곁으로 무사히 가야지!"

김 교수는 이런 저런 생각을 하며 대전행 기차 차창에 기대여 가는 사이 대전역에 도착했다. 다른 때 같으면 대전역 광장에 가족이나 회원들이 차를 가지고 마중을 나와 반길 터인데? 오늘은 혼자서 쓸쓸히 큰 가방 두 개와 배낭 등 4개의 짐을 끙끙대며 택시 승강장으로 갔다. 어느 고마운 회원은 인천공항까지 차를 가지고 마중을 나온다고 했다. 고맙지만 사양했다. 또한 가족들이 대전역으로 마중을 나온다고 했다. 이 또한 사양했다. 인천 국제공항에서 혹시 오염될 '코로나 19 바이러스' 전염 때문이다.

아프리카 탄자니아는 35도를 웃돌아 코로나 19 바이러스 소식이 없었다. 귀국해서는 근래 중동지역 이집트와 이란, 탄자니아와 이웃한 케냐 나이로비에 코로나 19 바이러스가 상륙했다고 한다. 탄자니아 국제공항 율리우스 나이어스 공항을 출국하여 만 하루만에 인천 국제공항을 경유하면서 혹시라도 문제가 있을까 싶어 집에 도착하여 자방격리(自房隔離)를 하고 있다.

# 한국어 자원봉사 후 귀국길 환영이
## 자방격리(自房隔離) 고뇌(苦惱)

집에 도착해서는 웃지못할 헤프닝이 있었다. 9시경 대전역에서 무거운 짐 4개를 들고 택시로 집 앞에 도착하였다. 미리 가족들한 테 겉옷을 준비하라고 하여 밖에서 입고 온 옷 전체를 갈아입고 신고 온 구두도 버렸다. 그리고 가족들과 해후는 집 입구 대문가 와 2층 베렌다 멀리에서 몇 마디 말을 하며 손을 흔든 것이 가족 과 해후 전부였다.

대전 집 자방격리(自房隔離)는 14일 목표를 안방 서재에서 시작 되었다. 아침 점심 저녁은 안방 문틈으로 도시락이 전해졌다. 아 내와 자식들과 대화는 가족 단체카톡방이다. 가족들이 물었다.

"지금 제일 드시고 싶은 음식이 무엇이세요?"

"김치찌개와 막걸리를 넣어주어요."

코레라 19 바이러스 열풍으로 시작된 자방격리의 생활이 시작 되었다. 특히 저 지난해 뇌출혈로 쓰러져 회복중인 병약하여 면역 력이 약한 아내를 배려해야겠다는 생각이었다. 자방격리 식사는 현미밥과 떡국, 생선찌개, 청국장, 돼지고기 등 다양하게 제공되 었다. 고맙고 번거로운 일이다. 아프리카 탄자니아에서 귀국한 건 강한 가장에게 '해외귀국'으로 인한 혹시 모를 전염으로 가족들과 의논 끝에 화기애애하게 진행이 되었다. 물론 그렇게 좋아하는 막걸리는 2일에 한 병씩 제공되었다.

고국에 도착 후 어려운 것은 시차(時差)를 적응이었다. 탄자니아는 우리나라와 6시간 차이가 난다. 우리나라 밤 9시이면 아프리카 탄자니아는 오후 3시이다. 우리나라보다 6시간이 늦다. 이러다보니 낮에는 졸리고 밤에는 잠이 안와 꼬박 밤을 세우는 것이었다. 한동안 반대된 일상이 될 것이다. 눈만 감으면 탄자니아 일상이 파노라마처럼 떠오른다. 지금도 흙먼지 날리는 비포장도로를 걸어가고, 학교 강의실에서 한국어를 공부하는 모습이 스친다.

어제는 탄자니아에서 슬픈 소식이 날아들었다. 학교의 카밤바(Kabamba) 학생한테 탄자니아 카톡 일환인 와샵(Whatsapp)을 통하여 1년치 숙소비를 지지급하고 살도록한 후추 소녀 안부와 후추 고양이 먹이를 갖고 살펴보고 오라고 부탁했다.

숙소에 다녀온 카밤바가 말하기를 '숙소에 있던 후추 소녀가 코토토와 함께 안보인다는 것이다. 또한 숙소 앞에서 키우던 새끼 고양이도 안보인다?' 는 것이다.

'후추 소녀는 어디로 갔을까? 1년치 방세를 미리 주고 왔는데. 또 눈망울이 초롱한 갓난 코토토는……? 혹시 이웃에서 그간 행여 탐내던 털보 흑인이 아이와 함께 데려갔을까? 부디 잘 가서 행복하게만 산다면 좋으려만……'

또 후추 고양이에 대하여 깊은 생각을 해봤다.

'그리고 후추 새끼 고양이는 분명 주변 큰 고양이로부터 밤에 습격을 받은 것 같다. 그간은 숙소에서 하룻밤에 몇 번씩 주변 고양이 습격을 막아주었던 것이다. 그래서 숙소 입구 창문을 늘 열어놓고 잠을 잤다. 이상한 소리가 나면 내쫓기 위해서였다.'

타국에서 혼자 있기에 적적하여 우연히 마주한 후추 소녀와 후추 고양이와 함께 살았다. 고양이는 숙소 앞에서 키웠다. 매일 쏘세지와 닭고기 등으로 먹이를 주었더니 숙소 앞을 떠나지 않고 함께 생활을 했다. 아침이면 다가와 뒹굴며 아양을 부리고 출근길 숙소 앞 까지 나왔다.

퇴근시 멀리서 기침소리에도 벌서 알아듣고 저만치 마중을 나오는 것이다. 그러다가 암고양이가 새끼 네 마리를 낳았다. 네 마리중에 한 마리는 자연사하고, 두 마리는 인근 큰 고양이 습격으로 죽고, 가까스로 한 마리 살아나 엄마랑 다정하게 살았다. 어쩌다가 새끼는 뒷 다리를 다쳐 걸음걸이를 잘 못한다. 비 오는 날이면 처마에서 비를 맞아 손으로 들어 안쪽으로 이동시켜주어야 했다. 엊그제 생후 두 달의 새끼 고양이가 후 숙소 앞에서 안보인다니? 분명 큰 고양이 습격으로 죽은 것 같았다. 아, 이를 어찌하노? 비바람 몰아치는 밤이면 숙소 안으로 어미와 새끼를 들였다. 외부에서 손님과 식사중에 닭고기가 나오면 안먹고 휴지에 싸서 숙소 앞 고양이에게 주었다. 이렇듯 정성껏 낯선 동양인의 따뜻한 사랑을 고양이에게 듬뿍 주었다.

"아, 탄자니아 후추 소녀여! 그리고 고양이 후추야? 어데로 갔노? 제발 살아있어라. 초롱한 후추 소녀의 갓난 아이의 초롱한 눈

망울이 손에 잡히는구나. 또한 새끼를 잃고 시름에 젖어있을 어미
도 건강하게 잘 지내라! 눈만 감으면 떠오르는 고양이 어미와 새
끼의 환영! 이를 어쩌란 말인가?"

문득 고려 충혜왕 때 문신이었던 이조년(李兆年) 시인이 쓴 병와
가곡집(甁窩歌曲集)에 실린 다정가(多情歌)를 읊조리며 아픈 맘을 달
랜다.


이화(梨花)에 월백(月白)하고 은한(銀漢)이 삼경(三更)인 제
일지춘심(一枝春心)을 자규(子規)야 알랴마는
다정도 병인양 하여 잠못 이뤄 하노라.



## 닫는 시


이역만리 머나먼 아프리카 동인도양 탄자니아
한국어 자원봉사 대한민국 태극기 꽂고
한류(韓流)에 민간외교관으로 널리널리 알렸노라


낯선 말과 문화로 어두운 광야길 걸으며
힘든 기후 환경으로 인한 고뇌로 체중감량 10kg
허기진 배를 움켜쥐고 고국을 찾았노라

사람발길 빈틈없이 부산한 인천 국제공항
한산하여 찬바람이 분다

군데군데 마스크 쓴 말없는 병정놀이
묻는 말에 말없이 턱으로 끄덕인다

아, 인정과 친절이 미덕인
세계 10대 강국 아름다운 대한민국

신종 코로나 19 바이러스 괴물이 삼킨
상가, 길거리, 차량이 끈긴 황량한
내 조국 대한민국을 어쩌란 말이냐?
— 김한글 교수의 詩「코로나 19 바이러스 괴물」전문

## 제2장
# 중앙아시아 우즈베키스탄에 들다

중앙아시아 우즈베키스탄공화
국(Republic of Uzbekistan)은 면적
은 448,978㎢(우리나라 220,748
㎢), 이고 인구는 336,942명이
다. 수도는 213만명이 사는 타
슈켄트(Tashkent)이다. 중앙아

시아는 옛 소련의 5개 공화국
인데 카자흐스탄, 키르기스스
탄, 타지키스탄, 투르크메니스
탄, 우즈베키스탄이다. 인구는
2013년에서 2014년 사이의
기준으로 약 6,600만 명이다.

# 김한글 교수 중앙아시아 우즈베키스탄 방문

　김한글 교수는 지난 2019년~2020년 아프리카에서 귀국 후 재파견을 위한 한국어 수요 조사차 2022년 6월~7월까지 중앙아시아 우즈베키스탄 안디잔대학 초청으로 방문했다.

　김한글 교수의 우즈베키스탄을 방문은 이유는 두 가지. 첫 째는 우즈베키스탄 안디잔대학의 한국어 수요조사이다. 둘 째는 지난 2019년~2020년까지 체류한 아프리카 탄자니아에서 만난 한국인 남자 '미스터 장(張)'을 만나 후추 소녀가 낳은 코토토(Kore Mtoto)소식을 전해주기 위함이었다.

　김 교수가 귀국하여 탄자니아에서 후추 소녀에게 임신시키고 떠난 미스터 장에 대한 수소문 결과 미스터 장은 탄자니아에서 한국으로 귀국하여 다시 우즈베키스탄 안디잔지역 공사장 감리단장으로 가 있다는 소식을 접했기 때문이다.

　김 교수는 2023년 9월부터 우즈베키스탄에 진출하여 한국어로 국위선양 한다.

# 중앙아시아 우즈베키스탄에 핀 따뜻한 휴머니즘

김한글 교수를 태운 비행기는 2022년 6월 22일(수) 한국 인천 공항을 오후 5시 출발 중앙아시아 우즈베키스탄(Uzbekistan, Republic of Uzbekistan) 수도 타슈켄트(Tashkent) 국제공항에 밤10시 35분에 도착했다.

타슈켄트 국제공항은 중앙아시아에서 가장 큰 규모의 공항이자, 허브 공항 역할을 하고 있다. 아시아 및 유럽, 미주 등 다양한 지역의 노선을 운영하고 있다. 동아시아 노선은 중국, 일본에 비해 대한민국 노선 비중이 가장 높다.

늦은 밤에 내린 타슈켄트 국제공항은 한국처럼 불빛이 환하지는 않았다. 듬성듬성 켜 있는 가로등 불빛을 따라 이동해야 했다. 공항 밖에는 5년만에 귀향하는 에르가셰바 자리파(Ergasheva Jarifakhon)와 한국어 문학박사 김한갈 교수를 기다리는 사람들이 있었다.

이 날의 주인공 '자리파'는 내과박사로 퇴직한 아버지와 수학 교사 및 교감으로 퇴직한 부모님 사이에서 막내딸로 태어났다. 안디잔 대학교 우즈백어학과를 졸업 후 석사과정을 마쳤다. 뜻한바 있어 2016년 한국에 왔다.

그해 강원 원주상지대학교 언어교육원에서 한국어과정 6급을 수료하고 충남 금산 중부대학교 한국어 석사과정 후 현재 국어국문학과 박사과정을 공부하고 있다. 그런 후 5년 만의 귀향은 한국어 문학박사로서 금의환향하는 일이었다.

이에 따라 성공을 거두고 귀국하는 자리파 한국어 문학박사가 대견스럽고 자랑스러운 일이 아닐 수 없다. 그리하여 무려 가족 친지 8명이 안디잔에서 6시간을 달려 타슈켄트 국제공항까지 꽃다발을 들고 온 것이다.

공항 밖을 막 빠져나오자 저만치 차단된 울타리 너머로 한 무리의 사람들의 꽃다발을 흔들며 환호성이 터져 나왔다.

"우—와—"

"짝짝짝— 짝짝짝—"

자리파는 그간 고국을 방문하려고 하였으나 코로나로 인한 장애가 되어 5년여동안 눈물의 한국생활을 했단다.

"아버지, 어머니 딸과 가족들이 너무 보고파서 잠을 못자며 그리워 했어요. 오! 내 그리운 조국 우즈베키스탄과 사랑하는 나의 가족들이여!"

꽃다발을 2개 준비한 환영객들은 자리파와 김한글 교수에게 각각 전했다. 그리고 자리파는 가족과 친지들을 끌어안고 울먹였다. 어깨를 들썩이며 끌어앉은 가족들은 하염없이 눈물을 흘려내렸다. 애간장이 끓도록 이들의 혈연관계를 멀리한 녀석은 다름 아닌 '코로나'였다.

지난 2019년 12월 중국 후베이(湖北)성 우한(武漢)에서 처음 발생하여 2020년 1월 20일 우리나라로 건너오는 한편, 전 세계로 확산되었던 새로운 유형의 코로나 바이러스(SARS-Cov-2)에 의한 호흡기 감염질환 위세는 실로 대단하여 그야말로 유사이래 미증유(未曾有)한 사건이었다.

이 코로나라는 녀석은 지난 국가의 부름을 받고 2019년 한국해외봉사단 코이카 소속으로 파견된 아프리카 탄자니아 다르에스살렘 외교대학 한국어학과에서 국위선양하던 김한글 교수를 강제 귀국시킬만큼 위력적이었으니까 말이다. 하염없이 얄미운 녀석이다.

"아버지, 어머니 보고 싶었어요. 흐흐흑—"

"그래, 네가 정녕 내 자식이 맞느냐? 잘 왔다. 보고 싶었다. 한없이—!"

"어, 엄마 흐흐흑—"

"내 딸 Kizin 모험버누야. 많이 컷구나. 엄마가 너를 두고 한국으로 떠나 미안하다. 보고싶었다. 흐흐윽—"

"어, 엄마, 보고 싶었어요, 왜 이제 왔어요. 흐흐윽—"

서로 부둥켜 안고 눈물의 상봉을 하는 이들을 보면서 독일의 유명한 음악가 '베히쉬타인'의 말이 생각난다.

"저녁 무렵 자연스럽게 가정을 생각하는 사람은 가정의 행복을 맛보고 인생의 햇볕을 쬐는 사람이다. 그는 그 빛으로 아름다운 꽃을 피운다."

이들은 김한글 교수에게 꽃다발을 전하며 반기며 환영해준다.

"한국어 문학박사 김한글 교수님 어서오세요. 환영합니다."

"반갑습니다. 이렇게 6시간 걸린다는 먼 길 안디잔에서 달려와 축하의 꽃다발까지 전해주시어 고마워요."

"부디 우리 우즈베키스탄에 한국어를 널리 알려주세요. 근래 우즈베키스탄 동부지역 안디잔, 나망간, 페르가니대학 등에 한국어 바람이 불고 있어요."

"그러지요. 근래 중앙아시아 우즈벡을 중심으로 부는 한국어 공부 열망에 부응하여 널리 퍼지도록 하겠습니다."

한국에서 출발 전 전해듣기는 했지만 우즈베키스탄은 마스크가 필요 없단다. 한때 이 나라에도 예외없이 코로나가 발생했지만 지금은 사라져 온 국민이 마스크 없이 생활하고 있었다.

"후유— 마스크 안쓰고 생활하니까 답답하지 않아 좋으네. 허허—"

우즈베키스탄 타슈켄트 공항 늦은밤 가로등 아래 반가움과 서름에 정한(情恨)의 눈물의 상봉식이 있었다. 잠시 후 일행은 승용차 2대에 나뉘어 타고 우즈베키스탄 수도 타슈켄트 국제공항을 출발 자리파의 고향 안디잔을 향하여 늦은밤 거리를 달리기 시작했다.

늦은 밤이지만 한낮 40도 내외의 무더위 여진으로 후꾼한 더위로 느끼며 승용차는 달리기 시작했다. 한낮 더위 여진과 창밖 밤바람이 교차되는 기온을 느끼며 약 400km 거리에 있는 안디잔을 향하였다.

우즈베키스탄의 수도 타큐켄트에서 안디잔까지 거리가 약 400km정도의 거리는 우리나라 서울과 부산 정도의 거리이다. 서울과 부산은 잘 다듬어진 경부고속도로를 가볍게 달린다.

그러나 이곳의 도로사정은 고르지 못하여 덜컹거리며 달리고 있다. 우리나라의 거친 시멘트 포장도로를 달리는 기분이다. 늦은 밤 도로를 달리는 승용차의 창 밖으로 어둠은 까맣게 사위를 감싸고 있다. 덜컹거리며 달리는 승용차에서 우즈베키스탄에 대하여 생각해 보았다.

중앙아시아의 중심국가 우즈베키스탄공화국(Republic of Uzbekistan)은 키르기스사탄과 더불어 오염이 안되어 가장 아름답다. 우즈베키스탄이라는 이름은 '우즈(Uz, 자신의)' + '베크(Bek, 왕)' + '스탄(Stan, 땅)'이 합쳐진 말로 '자신들의 왕을 가진 나라', 즉 다른 민족에게 지배받지 않은 독립된 나라임을 뜻한다.

우즈베키스탄은 세계에서 드문 이중 내륙국 가운데 하나이다. 그리고 12개의 주와 1개의 자치공화국, 1개의 특별시로 구성되어 있다. 인구는 동부지역, 사마라칸트 주, 페르가나 주, 타슈켄트 시, 안디잔 주에 많다. 반면에 서부 우르겐치, 히바 등은 전형적인 사막성 기후로 인구가 적다.

수도는 돌의 도시라는 의미의 타슈켄트(Tashkent)이며 인구는 213만 명으로서 6.3%에 달하는 인구가 몰려산다. 우즈베키스탄 면적은 448,978㎢(우리나라 220,748㎢), 이고 인구는 3천 3백만여

명이다. 국민총생산은 626억 달러, 1인당 국민소득은 2,090달러
이다.

　지난 1937년 소련 스탈린의 강제이주정책에 따라 러시아 극동
국경지대로부터 중앙아시아로 고려인을 강제 이주시켰다. 이때
고려인(까레이스키)17만 명을 강제승차시켜 이송하여 카자흐스탄
에 10만 명, 우주베키스탄에 7만 명을 내리게 했다. 6,400km에
달하는 먼 거리를 달리며 이동 중에 노약자, 부녀자, 어린아이 등
수백 명이 사망하며 중간 정차역에 버려지는 안타까운 일이 생겼
었다. 현재는 중앙아시아 가운데 우즈베키스탄에 고려인들이 가
장 많이 거주하고 있다.

　김 교수를 태운 승용차는 늦은밤 11시경 타슈켄트를 출발 터덜
터덜거리며 고르지못한 시멘트 포장길을 달렸다. 새벽길을 뚫고
달리는 승용차는 우주베키스탄 동쪽 변방 국경도시 안디잔으로
향하고 있었다.

# 페르가나 계곡의 남동쪽에 안디잔(Andijan)

김 교수가 방문하는 안디잔(Andijan)시는 그림 같은 언덕으로 둘러싸인 고대 페르가나 계곡의 남동쪽에 위치하고 있다. 이 도시는 유서깊은 시대에 '바부르'가 태어났다는 사실을 자랑스럽게 생각한다. 바부르는 인도의 무갈 제국의 창립자인 티무르 왕조를 대표하는 유명한 시인이자 지휘관이다.

이어 1876년 이래 안디잔은 러시아 제국의 일부였다. 인구는 약 300만 명으로서 전체인구의 9%가 거주한다. 기계공학의 중심지인 우즈베키스탄의 주요 도시 중 하나이며 자동차 생산공장이 있으며 기계 제조, 통조림 및 유제품 공장, 밀가루 공장, 면화 공장, 니트웨어 공장 등 여러 대기업이 있다. 키르기스스탄 국경이 멀지 않아 국경도시 역할을 한다.

또한 안디잔 아사카시에는 한국의 대우자동차공장이 있다. 1996년 7월 13일 대한민국의 대우자동차 공장을 준공식을 가졌다.

그래서 그런지 길거리에는 한국의 대우자동차 티코와 다마스 자동차가 많이 보인다. 이 외에도 레이서, 넥시아, 라보, 에스페로 등 총 6종의 차종을 연간 10만대 규모로 생산할 수 있는 제3세계 진출형 교두로를 마련한다고 한다.

'마수후리'라는 50대 현지인이 운전하는 자동차는 타슈켄트에서 동쪽 안디잔으로 달리고 있다. 얼마를 그렇게 달렸을까? 저만치 동쪽 하늘가에 먼동이 터오기 시작하였다.

배에서 쪼르륵— 소리가 난다. 하긴 한국 인천공항에서 출발 7시간을 달려오며 간단한 기내식으로 허기를 때운지가 벌써 언제란 말인가? 이를 아는지 안디잔으로 향하는 길목 '비글사멀산'에서 잠시 휴식 후 길가 휴게식당에 들렀다. 간단한 요기를 하기 위함이다.

새벽시간인데도 많은 현지인들이 희잡 두건과 전통의상을 착용하고 오가고 있었다. 만두국과 논(Non)이라는 빵으로 간단한 식사를 했다. 식사중에도 가족끼리 가까이 붙어 이야기를 도란도란 나누는 따스한 인정을 보며 기원전 600년 경 시작된 초원지대 유목민의 후예다운 우즈벡민족이라고 생각했다.

아직 따뜻하게 남아있는 우즈벡가정을 보면서 가정이란 어떠한 형태의 것이든 인생의 커다란 목표라는 생각이 들었다. 행복한 가정은 미리 누리는 천국이기 때문이다.

6시간 정도 달렸을까? 까아만 늦은밤에 출발한 일행을 태운 마수후리 승용차가 이른 새벽 먼동을 맞이하고 있었다. 안디잔 달라와르진 6번길 42번지(Andijan Dalvar 6 Kocha 42) 위치한 자리파의 출생한 집앞에 들어섰다. 이곳에는 진작부터 가족과 친지, 이웃 주민들이 기다리고 있었다.

승용차가 거의 집에 다가서자 쎈스있는 현지인 마스후리 운전사가 경적을 울리며 크게 음악을 튼다. 그러자 조용하던 주택가 골목에 소요가 일어난다.

"빠아앙——빠바아앙——"

"5년만에 귀향하는 자리파 한국어 문학박사와 한국 문학박사 김한글 교수가 도착했어요. 여러분 환영의 박수를 쳐주세요."

"우—— 짝짝짝——"

"5년 만에 문학박사가 되어 금의환향한 '자리파 박사'를 환영합니다."

"와——짝짝짝——"

"함께 방문한 한국어 문학박사 김한글 교수를 환영합니다. 우리 지역은 지금 한국어 바람이 일고 있어요. 까레이 테리(KOpenksa Tili, 한국어 언어)를 널리 퍼지게 해주어요."

환호성과 박수의 열띤 환영속에 높은 대문에 들어서자 넓은 집 안에는 이미 화려한 자리파 박사의 귀국과 한국어 문학박사 김한글 교수의 환영무대가 준비되어 있었다. 공항에 나오지못한 남은 가족들과 친지와 이웃들이 부둥켜안고 반가운 해후를 맞고 있다.

한동안 눈물과 반가운 상봉을 마치자. 이번에는 빨간 융단을 깔아놓고 오색풍선으로 아치형 무대를 만들어 놓은 환상의 환영무대가 있었다. 생각하지도 않은 과분한 환영식에 놀라 할 말을 잃었다. 어안이 벙벙해하자 방문기념으로 통기타로 노래로 답례하라고 하여 이에 응했다. 박수세례와 함께 기념사진을 찍었다. 또한 미리 준비한 꽃다발과 함께 우즈베키스탄 전통의상과 모자를 선물로 받고 즉석에서 입고 방문 기념사진을 찍었다.

잠시 후 집 입구에 마련된 접견방에서 앉아 다과를 들며 차분하게 소개와 함께 가족과친지, 이웃들에게 소개와 함께 인사를 나누었다. 한국에 대한 궁금한 사항과 한국어를 어떻게 전할 것인지 등이었다.

이곳 가옥형태는 우리나라 가옥의 1.5층에 해당할만큼 높고 크다. 높은 자붕까지 합치면 2층 높이로 우리나라의 1층에 해당되었다. 마당은 낮으며 주변으로 방 3개와 세탁실, 부엌, 화장실, 우리나라 사랑방에 해당하는 손님 접견방이 있었다. 중앙아시아 대륙기질다운 궁전가옥 형태였다. 비교적 중산층에 해당하는 유복한 가정이었다.

김 교수는 한가한 틈을 타 집을 둘러보다가 앞으로 묶을 방을 안내받았다. 깔끔한 침대와 카페트가 깔려있는 아담한 방에는 가재도구가 잘 정리되어 있었다. 금방 구입한 침대보에는 제품회사 상표가 그대로 붙어 있었다. 벽면 장롱에는 곱게 개인 이불과 베개덮개와 잠옷까지 준비되어 있었다. 그리고 걷기에 편안한 촉감의 카페트가 깔린 방바닥을 걸어 화장실을 열어보니 한국과 똑같이 좌변식과 타올, 치약, 칫솔이 준비되어 있었다.

지난 밤을 꼬박 세우고 달려온 여독에 피곤하여 침대에 몸을 맡기고 누웠으나 쉽게 잠이 오질 않는다. 안디잔에서 타슈켄트까지 6시간을 달려온 가족, 친지들. 다시 6시간을 달려 되짚어 돌아오는 6

시간. 합하여 12시간을 달려 따뜻한 인정의 휴머니즘(Humanism) 인문학주의 우즈베키스탄 가족.

또한 5년만의 성공적인 귀향을 반기기 위하여 빨간 카페트를 깔고 놓고 오색풍선으로 아치형 무대를 만들어 놓은 환영무대. 가족, 친지, 이웃등 30여 명이 대문과 집안에 가득하였다. 신선한 산소같은 사람냄새가 피어나는 인정풍요 감동의 무대였다.

김 교수는 조용히 생각을 해봤다.

'이러한 따뜻한 감동의 따뜻한 인정의 풍요가 우리나라에는 언제 있었던가? 있기는 있었다. 까마득한 옛날 일로 여겨질만큼 아주 오래 전의 일로 기억이 된다.'

어렸을 적, 아주 어렸을 적에 동네의 가족이나 친지중에 미국이나 일본에서 귀국하면 구경하려고 집을 방문했다. 이를 기념하여 집 주인은 닭이나 돼지를 잡아 방문객들에게 술과 함께 대접했다. 또는 집안에 경사가 났다며 동네 농악대를 가동하여 장구와 징, 꽹과리 등이 동원되어 집안 경사를 축하해주었다.

김 교수는 생각했다. 21세기는 최첨단 과학문명의 시대이다. 자고나면 급변하는 문명은 인류의 삶을 편안하고 행복하게 만들어주고 있다. 그런데 발달된 문명의 이기속에서 과연 이번에 우즈베키스탄을 방문하여 느낀 감동의 사람사는 냄새가 있을까?

이웃을 만나면 애 써 외면하는가 하면? 이웃집에 잘 된 사람이 있으면 시기나 질투로 사촌이 논을 사면 배가 아픈 일이 있지나 않은지?

그 옛날 구석기, 신석기시대를 시작으로 고려, 신라, 조선시대를 거쳐 개화기와 근대, 현대에 이르기까지 문명은 인류의 삶을 진보시키며 발전해왔다. 그런데 그 문명의 발전이라는 것이 인간 본연의 따뜻한 인정풍요가 함께 유지가 되었는지? 행여 인간성 상실이라는 공허한 삶을 사는 게 아닌지 생각에 잠긴다.

그럼 21세기 79억 명 인류의 삶 중에 문명 발전과 인류애의 휴머니즘 중에 무엇이 중요할까? 과학이든, 문명이든 세상의 모든 일은 인류를 위한 일이다.

사람 냄새나는 따뜻한 인류애를 앞서는 어떤 일도 있을 수 없다는 생각이 든다. 이 세상에 태어나 우리가 경험하는 가장 멋진 일은 가족의 사랑을 배우는 것이기 때문이다. 가정은 누구나 있는 그대로의 자기를 표시할 수 있는 유일한 장소이기 때문이다.

문득, 19세기 러시아를 대표하는 위대한 대문호 '톨스토이'의 말이 생각난다.

"마른 빵 한 조각을 먹으며 화목하게 지내는 것이, 진수성찬을 가득히 차린 집에서 다투며 사는 것보다 낫다. 모든 행복한 가족들은 서로 서로 닮은 데가 많다. 그러나 모든 불행한 가족은 그 자신의 독특한 방법으로 불행하다.

또한 '인도의 속담'이 자연스럽게 떠오른다.

"가정에서 마음이 평화로우면 어느 마을에 가서도 축제처럼 즐거운 일들을 발견한다!"

ㅁ닫는 시

나의 안디잔(Andijonim)

딜나자 아크바로바

Yuragimning ardog 'isan, jon Andijonim.
가슴으로 받드는 그대, 나의 안디잔

Jannat yurtim ko 'ksidagi duru marjonim.
천국 같은 내 고향 품에 두른 진주목걸이.

Beshik bo 'lding qancha-qancha iste' dodlarga
셀 수 없는 재주꾼들 보듬은 요람이자

ijod chashma bulog 'isan ko 'hna oshyonim.
창조의 샘이자 오랜 삶의 터전인 그대

Dunyoning har nuqtasida bordir ovozing,
세계 방방곡곡 그대 명성 메아리쳐,

hayotning har jabhasida yuksak parvozing.

삶의 이모저모 드높게 비상(飛翔)하는 그대

Qayerga borsam, mezbon bo 'lib mehmon siylagan,
어디가나 주인의 정성이 손님을 맞이하지

dilkashlig-u so 'zamoli asriy merosing.
달변가들은 읊조리지 그런 친절함은 시대의 유산이라고.

Andijonim jonajonim noming tilda sharafshonim,
사랑하는 나의 안디잔이여 그대 이름 불리워질 때 영광 있으라.

so 'lim vodiy bog 'ridagi nurafshonim Andijonim
즐거운 (페르가나) 계곡 정원 안뜰 찬란히 빛나는 나의 안디잔이
여

Tashabbus-u g 'oyalarla otdi tonglaring,
새벽녘 동트면 숭고한 사상들 펼쳐지듯

paxta dondan ko 'kni quchdi mo 'l xirmonlaring.
타작한 면화 낟알들 풍요로이 하늘로 치닫는 그대

Dunyo uzra yurt bayrog 'in ko 'kka ko 'tarib,

세계로 나가 조국의 깃발 공중에 치켜들고

maydonlardan g ʻolib qaytdi alp o ʻg ʻlonlaring.
전장서 귀환해 승전보 올린 영웅호걸인 그대.

Ayt qizlarim husni oyga barobarlarim,
달빛마냥 아름다운 그대 영애(令愛)들에 말하세,

o ʻn yoshida dong taratgan Sanobarlarim,
열 살부터 이름 높인 사누바르처럼

* Munojot Yo ʻlchiyeva(1960~ )안디잔 시린불락 출신의 우즈베키스탄 유명 여가수

## '한국어 선생님이라면 업고 다닌다!' 는 중앙아시아

  김 교수는 2022년 6월 아시아 속 대륙 중앙아시아 우즈베키스
탄공화국(Republic of Uzbekistan)에 왔다. '한국어 선생님이라면 업
고 다닌다' 라고 할 정도로 인기가 좋다는 미래의 대륙 중앙아시
아.
  중앙아시아는 옛 소련의 5개 공화국을 말하고 있다. 카자흐스
탄, 키르기스스탄, 타지키스탄, 투르크메니스탄, 우즈베키스탄이
다. 인구는 약 8,700만 명이다.

지난 70여 년 동안 소련의 공산 체제 속에서 있으면서 우리에게는 낯선 이름이었지만, 중앙아시아 문화는 우리 민족 문화의 뿌리와 깊게 연관되어 있는 곳이다.

중앙아시아는 우리나라 고대사 혹은 선사시대의 역사와 분리해서 생각할 수 없을 정도로 밀접한 관계가 있다. 우리나라 문화와 전통 가운데 중국적인 요소들을 제거하고 순수하게 우리의 것이라고 할 수 있는 것이 있다면 그것은 곧 그 뿌리와 맥락이 중앙아시아의 문화와 같이하고 있다고 전해진다.

'한국어 선생님이라면 업고 다닐 정도로 인기가 좋다!' 는 미래의 대륙 중앙아시아를 마냥 좋아만 할 일만이 아니다. 여기에는 우리의 선조 고려인이 강제 이주의 아픔이 서려있다.

1937년 소비에트 연방의 독재자 '스탈린' 은 연해주의 고려인 17만여 명을 중앙 아시아로 강제 이주시킨다. 이주 과정에서 짐승을 싣고 다니는 기차화물칸에 싣고 가는 과정에서 노약자와 어린이 등 고려인 수 백 명이 숨진다.

이 가운데 10만여 명은 카자흐스탄으로, 7만여 명이 우즈베키스탄으로 강제 이주된다. 이주한 고려인들은 기존 현지인들 콜호즈(집단 농장)에 가입하거나 스스로 새로운 콜호즈를 만들어 농사에 종사한다. 이때부터 고려인의 디아스포라(Diaspora, 유랑공동체 집단)에 정한(情恨)서린 삶이 시작된다.

척박한 환경에서도 한국인 특유의 부지런하고 근면 성실한 근로정신으로 땅을 옥토를 가꾸어 정착하게 된다. 고려인 또는 까레이스(Koreys)로 불리는 후손은 중앙 아시아에 50만여 명, 소련에 60만여 명이 거주하고 있는 것으로 확인된다. 우즈베키스탄에는 20만여 명이 거주하는데 주로 수도 타슈켄트에 산다.

중앙아시아는 대륙 중심에 있어 세계에서 바다와 가장 멀리 떨어진 지역으로 매우 건조하며 사막이 대부분이고 고산, 산맥들과 고원지역이다. 나라들이 워낙 커서 자연도 다양하다. 키르기스스탄과 타지키스탄은 티베트 못지않은 파미르 고원지대나 톈산산맥 같은 높은 산맥들이 있고 우즈벡과 투르크멘은 건조한 반사막지대가 많고 카자흐스탄은 북쪽 시베리아나 몽골처럼 숲과 초원이 많다.

고산지대에는 눈표범이 서식하고 산양이나 영양, 마못 등 설치류가 분포한다. 초원지대에는 늑대가 서식하며 영양이나 여우, 기타 설치류가 분포한다.

이 가운데 우즈베키스탄은 중앙아시아 최대 도시이다. 인구는 120여개 소수민족이 공존하는 다민족국가로서 3,300만 명이다. 국토 총면적은 약 447,400km로써 남한의 약 4.5배이며, 남북한 총면적의 약 2배 정도 된다.

현재 사용하는 우즈벡어는 중국 신장 위구르자치구(1천 만 명 이상의 인구)에서 공용어이다.

우즈베키스탄은 중앙아시아 중부에 있는 국가로서 19세기 후반 제정 러시아의 속국이 되었으며 1924년 10월 소련의 일원으로 우즈베크 소비에트사회주의공화국을 수립하였다. 소련의 붕괴와 함께 1991년 9월 독립하였다.

우즈베키스탄은 위도상으로 보면 한반도보다 다소 높지만 기후는 우리나라보다 더운 편이다. 전체적으로 대륙성 기후로 볼 수 있고 하절기가 건조한 반면 동절기는 다습한 편이다. 한여름(6월 ~8월)에는 40°C 이상 올라가는 경우가 많아 무척 더운 편이지만 여름철에는 강우량이 거의 없다. 봄과 가을, 겨울이 짧으며 우리나라보다는 다소 기온이 높은 편이다. 강우량은 전체 500ml 정도로 동절기에 집중하고 눈은 아주 추운 한겨울에만 일부 내린다.

우즈베키스탄은 CIS(소련 연방 독립국가연합 Commonwealth of Independent States)국가 중에서도 치안이 매우 좋은 편으로 대부분의 지역에서 비교적 안전하게 여행할 수 있다. 그러나 대한민국 외교통상부에서 운영하고 있는 해외안전여행 사이트에 따르면 우즈베키스탄 일부 지역인 안디잔, 카라수, 나망간, 페르가나 및 인접국 접경지역이 신변안전 유의가 요구되어 1단계 여행경보단계로 지정되어 있다. 그래서 김 교수는 안디잔시에 머물며 각별히 신변에 유의하고 있었다.

미래의 대륙 중앙아시아 우즈베키스탄을 다니다보면 길거리와 식당에서 우즈벡인을 쉽게 만날 수 있었다. 다정다감하고 순수한 이들의 표정에서 우리 민족의 유사성을 볼 수 있었다. 길거리에서 김 교수를 보고 늘 이렇게 인사한다.

"안녕하세요. 카레이스 테리 오코치스(Koreys tili O' qituvchisi, 한국어 선생!)입니다."

"안녕하세요. 아싸러므 알라이쿰(Assalomu alaykum)카레이스 테리 오코치스!"

그러면서 손을 잡고 반가워한다. 나이드신 우즈벡인들은 눈물까지 글썽이며 말한다.

"내 아들이 한국 울산에 살아요!"

"동생이 한국 경남 거제도에 간지 5년이 넘었어요!"

그간 만난 우즈벡인들은 외국인이라고 무시하거나 바가지를 씌우려고 하지 않았다. 오히려 아이스크림을 사주고, 친절하게 화장실 앞 까지 데려다 주며 화장실 이용요금 2,000숨(한화 200원)을 손수 내주었다.

여름 더운 날. 사위가 어스럼 어스럼 까아맣게 밤이 되어간다. 김 교수는 현지 우즈벡인 생일집에 초대를 받아 갔다. 자리도 상석으로 앉히고 음식을 필자 앞으로 떠 주었다. 택시(대우자동차 DAMAS)를 탈 때도 꼭 앞쪽 상석에 앉혔다.

대화를 나누는 중에 '한국어 선생(까레이스 테리 오코치스, Koreys tili Oʻqituvchisi)이다' 라고 하니 참 좋아했다. 만난 사람증에 3/1은 한국어 몇 마디를 할 줄 알았다. 따라서 이들은 김 교수가 강의할 대학 한국어학과에 수강신청하겠단다. 이들 이름은 다음과 같다.

"마수후리 택시운전자, 어마드존 마켓 근무자, 디요리 청년 등 신청합니다."

"오늘은 참 좋은 한국의 날(하일리 쿤 카레이스, Yaxshi Kun Koreys)!"

"한국어를 개강하기 전 벌써 현지인 우즈벡 제자를 몇 명 삼았으니 이역만리 중앙아시아에서 부자된 느낌이네. 허허허―"

위 마수후리 택시운전자, 어마드존 마켓 근무자, 디요리 청년 등 몇 사람은어디를 갈 때 손수 운전을 해주는가 하면, 수영장을 데리고 가고, 식당 뒤편 어두운 화장실을 갈 때는 따라와 핸프폰 불빛을 비추며 안내하는 친절을 베푼 중앙아시아의 천사들이었다.

'한국어 선생님이라면 업고 다닐 정도로 인기가 좋다!' 는 미래의 대륙 중앙아시아를 방문 한국어 문학박사로서 실제 체험을 했으니 자랑거리가 생겼다.

"카레이스 테리 오코치스(Koreys tili O'qituvchisi, 한국어 선생) 최고!"

같이 사진을 같이 찍기를 원하고, 악수를 하며 말을 걸어왔다. 언어로 인정을 나누는 지구촌 한가족이라는 생각이 들었다.

문득 영국의 역사 다큐멘터리 작가 '존 맨' 의 말이 생각난다.

"대한민국의 한글을 모든 언어가 꿈꾸는 최고의 알파벳이다!"

또한 1949년 한글타자기를 발명한 공병우 선생은 이렇게 말했다.

"한글은 금이요, 로마자는 은이요, 일본 가나는 동이요, 한자는 철이다."

전 세계 표준화기구에 따른 나라는 249개국이다. 그리고 UN에 등록 승인이된 국가는 196개국이다. 따라서 지구촌 70억 명이 사용하는 모든 언어는 평등하다. 각 나라별로 사용하는 모든 언어는 인류공동체 문명 발전의 발자취이다.

세계의 지붕 아시아의 대륙 중앙아시아에서 지난 1443년 세종 25년에 창제한 한글, 한국어 교육현장에 문학박사 김한글 교수가 다가가리라. 우리 함께 인류공동체 문명의 씨앗 지구촌 언어로 21세기 전 세계 만방에 길이 빛내리라!

일찍이 아시아의 황금 시기에
빛나던 등불의 하나인 코리아
그 등불 다시 한번 켜지는 날에
너는 동방의 밝은 빛이 되리라.
— 인도의 詩聖 '라빈드라나트 타고르' 詩「동방의 등불」

# 중앙아시아 우즈베키스탄에서 들은 아이 울음소리

김 교수는 지난 2022년 6월에 아시아 속 대륙 미래의 땅 중앙아시아 우즈베키스탄에 왔다. 우즈베키스탄은 120여개 소수민족이 공존하는 다민족국가이다. 이에 따른 다양한 문화체험을 할 수 있었다.

"세계는 넓고 배울 게 참 많다!"

이러는 가운데 우리나라에서 못들었던 아이 울음소리를 중앙아시아 우즈베키스탄에서 듣고 아이들을 보고 있다는 사건(?)발생했다.

우즈베키스탄 골목, 시장, 거리 등 어디를 가더라도 아이 우는 소리와 뛰어다니며 노는 아이들 재잘거리는 소리를 쉽게 듣고 볼 수 있었다. 또한 많은 청소년들과 젊은이들을 만날 수 있었다.

참으로 신기하고(?) 경이로운 우즈베키스탄의 생경한 모습이었다. 이리하여 세계의 많은 국가들이 역동의 젊음, 잠재적 내수시장 우즈베키스탄을 찾고 있다고 생각되었다.

우즈베키스탄 출신으로서 우리나라 인하대학교 대학원에서 교육학 박사학위를 취득한 호남대학교 '갈라노바 딜노자 교수'가 김 교수를 만나 이렇게 말한다.

"2019년 현재 우즈베키스탄은 청년 인구는 15~19세가 255만 명이다. 이어 20~24세가 298만 명, 25~29세 320만 명, 30~34세 298만 명으로 청소년 인구가 총 인구의 60%에 달하지요. 우즈베키스탄은 1991년 독립 이후 경제, 사회, 정치, 문화 및 기술 분야에서 급격한 변화를 맞이 하였다. 2000년 8월 6일 우즈베키스탄 공화국의 첫 대통령인 이슬람 출신 '카리모프 대통령'이 의장을 맡은 위원회가 중대한 역할을 했어요. 새로운 공화국에 맞는 국가적 가치를 재정립하기 위해 많은 노력을 기울였다. 그는 『큰 미래를 위한 우즈베키스탄』, 『우즈베키스탄 국가 독립, 경제, 정치, 이념』, 『청소년은 우즈베키스탄 발전의 기초』등의 책을 통해 특히 청년들에게 국가 가치관을 형성하는 방법 이었어요. 카리모프 대통령은 공화국 수립 첫날부터 우즈베키스탄의 미래가 청년들을 양육하는 것에 달려 있다고 하며 청년들로 하여금 조국에 대한 헌신, 높은 도덕성, 영성 및 깨달음, 일에 대한 양심적 태도를 갖추게 하였어요. 우즈베키스탄의 청소년들이 '삶에서 가장 중요하고 가치 있는 것'에 대한 질문이다. 우선 가족과 자녀들 63.3%가 국가와 세계의 안정, 조국에 대한 사랑이 46.5%, 건강이 19.2%, 복지가 17.2%, 노동, 직장 및 교육이 10.7% 등이 었다. 이 조사 결과를 통해 우즈베키스탄 청년들에게 '가족과 자녀'가 삶에서 가장 중요하고 가치 있는 존재라는 사실을 알 수 있었어요. 또한 14~29세 총 1,000명 응답자들이 참여한 설문조사에 따르면 우즈베키스탄 청년들의 76.2%는 '결혼 및 가족'을 중심으로, 12.1%는 '사랑하는 사람과 함께' 본인의 미래를 그리고 있었다. 응답자들의 37.5%는 4명, 30.3%는 2명 그리고 25.7%는 3명의 자녀를 키우고 싶다고 답하였다. 이를 통해 우즈베키스탄에서 출산율이 계속적으로 증가할 것이라고 추정할 수 있어요."

"아, 그렇군요. 교수님 이해를 합니다."

호남대학교 '갈라노바 딜노자 교수' 는 수시로 지구촌 나그네 김 교수와 만나 우즈베키스탄 이야기를 나누었다.

김 교수는 대답했다.

"저출산과 고령화로 치닫고 있는 대한민국의 한 사람으로서 부끄러운 한편 지구촌 한가족으로서 이 나라 청소년들이 자랑스러워요. 그리고 '카리모프 대통령'의 국가 가치를 재정립을 위한 '청소년은 우즈베키스탄 발전의 기초' 한 정책이 반영되었다는 점에서 경의를 표합니다."

갈라노바 딜노자 교수는 이어서 말한다.

"소련 해체 이후 독립된 우즈베키스탄을 이끈 카리모프 대통령은 25년의 철권 통치기간동안 국경을 걸어 잠그고 부정부패, 안디잔 학살, 언론 통제, 부정선거 등의 풍파를 남겼어요.그리고 2016년 9월 78세로 뇌출혈에 의한 사망으로 자신의 고향인 사마르칸트에 묻혔지요."

김 교수와 절친인 갈라노바 딜노자 교수는 1년 동안 주한 우즈베키스탄 무역대표부에서 대리로 활동하였다. 주로 상호문화교육, 이중 및 다중언어교육 관련 연구 등을 진행하고, 재한 우즈베키스탄 유학생의 상호문화역량, 고려인 결혼이주여성 자녀 이중언어교육 분야 관련 다수의 저서 및 논문을 출판하였다.

한편, 김 교수는 지난 2019년~2020년 한국해외봉사단 코이카(KOICA) 파견 아프리카의 검은진주(眞珠) 탄자니아에 1년여동안 체류했다. 이 나라도 아이와 청소년 인구비중이 높아 전 세계의 내수시장이 높은 나라였다.

탄자니아 전체 인구 5,800만 명중에 14세 이하가 45%로서 812만 명이었다. 이어 15세~64세가 53%로 비중 많아 앞으로 젊은 층이 주도하여 탄자니아는 아프리카의 검은진주(眞珠)로서 미래의 잠재적 국가로 촉망받고 있었다.

1961년 영국으로부터 독립 1964년 탕가니카, 잔지바르를 합병 탄자니아연합공화국(United Republic of Tanzania)을 탄생시켰다. 집권여당(CCM)의 세력을 등에 업고 1965년 첫 대선이래 정권을 지속 창출 2015년 11월 대선에서 '존 마구풀리(Johns Magufuli) 대통령'이 당선되며 일당 우위 체제를 견고하게 유지했었다.

공공부문 개혁과 부정부패 척결, 예산 절약 및 세수확대 등 국내개혁을 강력하게 추진중이며 특히, 하파카지투(Hapa Kazi Tu, Work here Only but Nothing else) 슬로건 하에 공공부문 개혁 적극 추진하고 있었다.

탄자니아 존 마구풀리 대통령의 '불도저' 행보는 취임 직후부터 관료들의 해외 출장 제한, 각종 행사 취소 및 예산 삭감, 부패

장관, 공무원 퇴출 등 파격적인 행보로 국민적인 인기를 얻고 있다. 취임 직후 있었던 독립 기념일, 기념 행사대신 거리 청소를 택했던 일화는 유명하다.

존 마구풀리 대통령은 탄자니아 건설부장관과 농림축산어업부장관, 국토주택주개발부장관을 거치면서 대통령에 당선 산업기반시설에 역점을 두었다.

그래서인지 다르에스살렘과 모로고로를 몇 번 오 가는데 대형도로공사와 철도건설현장 등이 자주 눈에 띄고, 많은 중장비의 이동과 공사장에 노동자들이 많았다. 아프리카 동인도양에 접한 탄자니아의 동트는 새벽이 힘차게 열리고 있다는 느낌을 받았었다.

존 마구풀리 대통령은 아프리카 개발도상국중에 힘찬 새벽을 여는 탄자니아는 정직하고 신뢰를 바탕으로 잘 사는 나라로 일으키려고 각종 산업기반시설을 시행했었다. 국제공적개발원조(ODA)를 받아내고 세계 각국의 봉사단체와 NGO단체 등을 끌어들여 양적, 질적 선진국가를 위하여 노력하였다.

그러나 탄자니아 존 마구폴리 대통령도 2021년 3월 '코로나는 생강을 먹고 이길 수 있다' 고 장담하더니 기어히 코로나로 판단되는 질환에 걸려 61세로사망했다.

김 교수는 대한민국 통계청이 발표한 2019년 출생통계에 따르면 합계출산율은 0.92명으로 이었던 것을 기억한다. 합계출산율이란, 여성 1명이 평생 낳을 것이라고 예상되는 평균 출생아 수를 뜻이다. OECD(경제협력개발기구) 평균은 1.63명으로 우리나라는 OECD 국가 중 출산율 꼴찌라는 불명예를 차지하고 있다.

2002년을 기점으로 시작된 초저출산 시대는 고령화 속도마저 앞당기고 있다. 초고령 사회 노인 비율 20%에 진입한 일본보다 더 빠른 속도이다.

대한민국 인구 두 명 중 한 명은 결혼해야 한다고 생각하는 반면, 결혼이 꼭 자녀 출산으로 이어져야 한다는 의견에 반대하는 사람이 늘었다. 출산율과 인구성장률, 그리고 청소년비율이 모두 세계 평균에 비해 꼴찌라는 자료를 보고 김 교수는 답답한 마음이었다.

최근 인구보건복지협회가 유엔인구기금과 함께 발간한 2017 세계인구현황 보고서에 따르면, 우리나라 여성 1인당 출산율은 1.3명으로 홍콩, 싱가포르, 그리스 등과 함께 공동 190위를 기록하였다.

이는, 세계 여성 1인당 평균 출산율인 2.5명에 비해 거의 반정도 되는 수치로, 뒤에서 세 번째였다. 세계 최고 출산율은 7.2명으로 니제르였고, 대한민국 출산율이 낮은 국가는 출산율 1.2명으로 포르투갈, 몰도바 2개국 밖에 없다고 김 교수는 생각했다..

24세 이하에 해당하는 청소년 인구 비율도 대한민국이 세계 최하위권이었다. 전체 인구 5,200만 명중에 24세이하는 165만명으로서 5%에 불과하다. 대한민국 일본, 독일과 함께 공동 13%로 세계 194위를 나타냈다.

대한민국은 고령화와 저출산율로 인한 미래 사회적, 국가적으로 들어왔다. 의료환경의 발전으로 100세 건강시대의 결과이다. 또한 저출산율의 증가는 출산과 양육에 따른 비용부담의 기피현상되었다.

요컨대, 안락하고 행복한 생활을 위하여 출산과 양육의 어려움으로부터 벗어나고자 한다는 의식이 시대를 안고 간다는 이야기이다.

현재 인류 79억 명이 살고있는 지구촌은 우리 기성세대의 소유가 아니라 미래세대의 몫이다. 건전하고 보편타당한 인류공영이 이루어지려면 세대간 영속성은 고루하게 이어져야 한다.

갈라노바 딜노자 교수는 말한다.

"중앙아시아 우즈베키스탄은 24세 이하가 554만 명으로서 전체인구 3,200만 명중 17%이며, 아프리카 탄자니아는 전체 인구 5,800만 명 중 14세 이하가 45%로서 2,610만 명이나 되어요. 대한민국은 5,200만 명중에 24세이하는 165만 명으로서 5%에 불과하지요."

김 교수는 대답했다.

"맞아요. 부끄럽네요, 지금의 21세기는 인구가 국제경쟁력시대이다. 젊은 층이 많은 나라가 잠재적 내수시장 동력으로 기대되고 있는 추세이지요. 대한민국에서 못들었던 아이 울음소리를 중앙아시아 우즈베키스탄에서 듣고 아이를 보고 있다는 사건(?)이라고 표현할만 일이 아닌가요? 허허허—"

"맞아요. 하하하——"

김 교수는 생각했다.

'지난 17세기 스위스의 교육학자 '요한 하인리히 페스탈로치'
의 말. 이 세상에는 여러 가지 기쁨이 있지만, 그 가운데서 가장
빛나는 기쁨은 가정의 웃음이다. 그 다음의 기쁨은 어린이를 보는
부모들의 즐거움인데, 이 두 가지의 기쁨은 사람의 가장 성스러운
즐거움이다.'

또한 우리나라 옛 성현(聖賢)이 이렇게 말했지 않았는가?

"우리 가정에 3가지의 즐거운 소리가 있다고 한다. 아기 우는
소리, 베 짜는 소리, 책 읽는 소리가 있는데, 그 중에 으뜸이 아기
우는 소리를 덕목으로 쳤다."

최고의 덕목 아기우는 소리를 이역만리(異域萬里) 중앙아시아 우
즈베키스탄에 와서 들으니 즐겁고 행복하다. 하지만 내 사랑하는
조국 대한민국이 아이우는 소리가 끊기고 젊은이가 없다.

김 교수가 잘아는 국내대학 한국어학과 교수들이 입학시즌만되
면 우즈베키스탄을 비롯하여 베트남 등으로 출장을 다니고있는

모습을 많이 보고 있다.

"오, 누구를 위하여 종을 울려야 하나?(For whom the toll!)"

# 맛깔스런 음식의 나라 중앙아시아 우즈베키스탄

김 교수가 그간 자료를 통하여 조사한바에의하면 이렇다. 중앙 아시아의 중심국가인 우즈베키스탄은 120여 개의 소수민족이 공존하는 다민족국가로 구성되어 각 각 다른 독특한 음식문화를 갖고 있다.

음식문화에는 크게 우즈베키스탄 민족의 전통적인 음식과 러시아 음식의 요소가 나타나고 있으며 소수민족인 위구르인, 고려인, 카자크인의 전통적인 음식들 가운데에서도 민족에 관계없이 보편화 된 음식들이 많다.

우즈베키스탄 사람들은 다양한 종류의 고기와 치즈, 양젖, 발효성 유제품 같은 낙농제품을 즐겨 먹는다.

대표적인 전통 요리 '어쉬 팔로브(Osh Palov, 볶음밥)'와 '논(Non, 빵)', '샤슬릭(Shashlik, 양꼬치)'은 우즈베키스탄 사람들이 어떤 잔치도 열지 않는다고 한다. 그래서 이 음식을 '음식의 3대 여왕'이라고 부른다.

특히 결혼식이나 생일, 장례식, 명절 등 특별한 날에는 항상 '어쉬 팔로브'와 '논', '샤슬릭'을 만들며 집에 손님이 오면 반드시 팔로브를 만들어 대접한다.

'어쉬 팔로브(Osh Palov, 볶음밥)'는 지역에 따라 재료와 만드는 방법이 차이가 있고 맛도 조금씩 다르며 한국의 볶음밥과 비슷하지만 맛과 만드는 과정이 많이 다르다.

요리 방법은 달군 양기름에 양파와 고기(양고기, 쇠고기)를 넣고 익힌 후 노란 당근을 넣어 볶은 후 물을 적당하게 넣고 끓여 씻은 쌀을 넣는다.

쌀이 반쯤 익었을 때 마늘과 건포도, 콩 등 원하는 재료를 넣어 쌀이 익을 때까지 뜸을 들이면 된다. 만드는 방법이 간단해 조리 시간이 30~40분 밖에 걸리지 않는다.

어시 우즈베키스탄의 여러 공동체들이 만드는 전통로요리 문화유산이다. '식사의 왕'이라는 별칭으로도 알려진 어시 팔로브(Osh Palov)'는 야채와 쌀, 고기, 향신료를 이용해서 조리하며 최대 200가지에 팔로프는 고기, 양파, 당근, 허브, 향신료 등을 넣어 만든 쌀 요리로 우즈벡의 대표적인 음식이다. 우즈베키스탄에서는 매일 식탁에 오르는 음식으로서 축제와 의례에서도 매우 중요한 자리를 차지한다.

팔로브와 관련 있는 민간 풍습이나 의식은 우즈벡에서 환대의 개념과 연관되어 있다. 보통 의식용 음식은 사람들이 국가 정체성을 확립하고 전통적 가치에 애착을 갖게 하는 등 감정적으로 큰 영향을 미친다. 이런 의미에서 팔로프 전통은 지역 공동체 사회에서 사회적 관계를 규정하는 요소, 사람들 사이의 사회적 상호작용의 특별한 한 형태, 그리고 가족과 개인에 대한 자기 확인의 한 방식으로 여겨질 수 있다.

팔로브 의식은 생애의 특별한 통과의례마다 존재한다. 갈라노바 딜노자 교수에 의하면 다음과 같다.

"'팔로브'에 대한 전설 중 하나는 알렉산더 대왕에 의해 만들어졌다는 설이 있어요. 알렉산더가 전쟁 중 병사들이 손쉽게 먹을 수 있고 영양가도 높으며 열량과 포만감이 오래가고 맛있는 음식을 만들 것을 취사병에게 명령 하자 그 취사병이 고심 끝에 만든 것이 '팔로브'라는 얘기가 있어요. 지금까지도 전쟁터에서처럼 '야외에서', '큰솥에' 그리고 꼭 '남자가' 만들어야 최고의 요리로 여기었어요. 특히 야외에서 맑은 공기와 함께 재료가 익어야 제맛이 난다고 하고 집에서는 통풍도 안되고 해서 맛이 떨어진다고 했어요. 허허허—"

또한 우즈베키스탄 식탁에는 빠질 수 없는 주식으로 '논'이라는 벌집 모양의 큰 진흙 가마에서 굽는 빵이 있다. 한국 사람들이 밥 없이 반찬을 먹지 못하는 것과 같이 우즈베키스탄 사람들도 '논(Non, 빵)'이 없이 식사를 안 한다. 논은 밀가루, 물, 소금과 이스트 밖에 안 들어가지만 고소하고 맛있다.

'논'에는 여러 풍습이 있다. 남자가 여자의 부모님에게 결혼 허락을 받으러 갈 때 반드시 논을 챙겨 간다. 여자의 부모님이 남자를 마음에 들어하면 논을 찢어서 나눠 먹고 그렇지 않으면 그대로 다시 돌려서 보낸다.

이 밖에 논은 오랫동안 보관이 가능해서 가족이나 친한 사람이 군대에 가거나 오랫동안 집을 떠나야 할 때 논을 한 입 먹게 한 뒤 그 사람이 무사히 잘 다녀오라는 의미에서 다시 돌아올 때까지 남은 논을 보관한다고 한다.

일반적으로 '샤슬릭(Shashlik, 양코치)과 우즈베키스탄 같은 구소련지역 국가에서 많이 먹는 타타르식 고기 꼬치 구이 요리. 주재료는 소고기, 양고기로 만든 샤슐릭만 있었으나 점차 대중화되면서 닭고기, 돼지고기로 만든 샤슐릭도 흔히 먹게 되었다. 고기만 사용하는 것이 아닌 심장, 혀 등의 부위도 사용하며, 러시아식 빵에 더해 양파 등의 채소류도 곁들어 먹는다.

고기 크기가 작은 중국식 양꼬치에 비해 샤슐릭은 크게 뭉텅뭉턴 썬 고깃덩이 여러 개를 상당히 크고 긴 쇠꼬챙이에 꿰어 굽는다. 따라서 한 꼬치가 더 비싸고 양도 더 많은데, 작은 고기를 양념으로 뒤덮다시피 한 중국 양꼬치와 달리 한번 구운 꼬치에 원하는 만큼 소스를 첨가해 먹는 식이기에 양고기 본연의 맛을 즐길 수 있다.

중앙아시아 국가인 우즈베키스탄은 120여 개의 소수민족으로 구성되어 각각 다른 독특한 음식 문화의 맛깔스런 음식의 나라 중앙아시아 우즈베키스탄.

중앙아시아 문화는 우리 민족 문화의 뿌리와 깊게 연관되어 있는 곳이다.

우리나라 고대사 혹은 선사시대의 역사와 분리해서 생각할 수
없을 정도로 밀접한 관계가 있다. 대한민국 문화와 전통 가운데
중국적인 요소들을 제거하고 순수하게 우리의 것이라고 할 수 있
는 것이 있다면 그것은 곧 그 뿌리와 맥락이 중앙아시아의 문화와
같다.

이리하여 대한민국과 중앙아시아는 뿌리가 같은 민족적 동질감
에 따스한 휴머니즘(Humanism)을 느낀다. 문득 생계적 수단의 음
식은 먹는 행위의 당위성이 아닌 민족의 역사와 삶 그 자체라는
생각이 든다.

김 교수는 문득, 독일의 작곡가 '요한 바하'의 말이 생각난다.

"천 번의 키스보다 더 감미로운 커피와 맛깔스런 음식이 최상
최고의 선물이다!"

또한 서양의 철학자 '루드빗히 안드레학다아스 포이에르바하'
는 이렇게 말했다.

"먹는 바, 그것이 인생이다!"

# 우즈베키스탄의 전통 명절
## 쿠르반 하이트(Qurbon hayiti)!

'가는 날이 장날'이라는 한국 속담이 있다. 2022년 6월 한국어 강의로 중앙아시아 우즈베키스탄을 방문했다. 마침 지난 7월 9일부터 11일까지 우즈베키스탄 최대의 명절인 쿠르반 하이트(Qurbon hayiti)날이었다.

김 교수를 초대한 우즈베키스탄 안디잔시 삭선 달와르진 6길 42 카르허존은 쿠르반 하이트를 위하여 검은 숫양(코이, QO'Y, 35만원 상당)을 잡았다.

이슬람 국가인 우즈베키스탄은 금식월인 라마단이 끝나는 날 7월 9일부터 11일. 즉 70일째 되는 날에 전통 명절인 '쿠르반 하이트'를 지낸다. 이슬람교의 종교관련 경축일로서 이슬람 달력의 주기를 따르기 때문에 매년 날짜가 일정치 않는다.

'쿠르반'은 제물을 뜻하고 '하이트'는 명절을 의미한다. 희생절이라는 뜻이다. 이날 우즈베키스탄 사람들은 집이나 일터 인근에서 양을 잡아 피를 흘려 신에게 제사를 지내고, 잡은 양고기 1kg 이상을 가난한 사람들과 나눈다.

우즈베키스탄 안디잔 달와르진 주민 여럿이 모인 가운데 종교 의식을 주도하는 주관하는 이맘(Imam) 성직자의 인사말로 '쿠르반 하이트' 명절이 시작되었다. 서로 건강과 행복을 기원하는 덕담을 주고 받았다.

식탁에는 푸짐한 명절음식이 준비되었다. 어제 잡은 '양(Qo'y) 고기'를 비롯하여 식사의 왕 '오시 팔로프(Oshi palav, 일종의 볶음밥)'와 '논(Non)'과 '토마토 케찹' 등이 푸짐하게 차려졌다.

'쿠르반 하이트' 명절의식을 마친 주민들은 입장할 때 처럼 나갈 때도 미리 준비한 물로 손을 깨끗이 씻었다. 한국어 문학박사 과정 '에르가셰바 자리파(Ergasheva Zarifaxon)'은 이렇게 말한다.

"명절의식 행사장에 들어올 때와 나갈 때 손을 씻는 이유는 묵은 때를 버리고 새로운 기운으로 건강하고 행복을 기원하는 소박한 소망의식이 담기었어요."

'쿠르반 하이트' 명절의식을 마치고 돌아가는 주민들은 서로 악수를 하며부등켜 안고 건강과 행복을 기원하는 덕담을 나누었다. 이날 행사를 주관한 안디잔시 달와르진 '에르가셰브 아브두카헌'이 선물한 논(Noin, 둥그런 빵)을 하나씩 가져갔다. 행복한 포만감으로 걸어가는 우즈베키스탄 주민들 발걸음이 한결 가벼웠으리라고 김 교수는 생각했다.

김 교수는 에르가셰브 아브두카허르오 댁에서 전통의상과 전통 음식과 과일 등을 극진히 대접을 받았다. 그래서 가족들에게 약간의 용돈과 캬라멜을 선물했다. 한편, '나브루즈(3월 2일)'라 하여 무슬림의 명정 중 가장 큰 명절이다. 이슬람 국가에서는 '새해맞이 축제', '봄이 시작하는 날'로 기념하고 있다. 나브루즈는 '새해의 탄생'이라는 의미로 봄의 소생을 위한 행사로, 한 달 전부터 거리에 축하 플랜카드가 걸리고, 각 기관에서는 각종 축하공연을 준비한다.

나브루즈의 음식 '수말락'을 먹어볼 수 있다. 나브루즈의 상차림에는 의미가 있는 7가지 물건('부활'을 뜻하는 포도주, '순수함'의 우유, '기쁨'을 상징하는 과자, '풍족함'의 설탕, '휴식'을 상징하는 주스, '빛'을 나타내는 양초, '아름다움'을 상징하는 빗)을 올린다.

이 외에도 여성의 날(3월 8일)은 '세계 여성의 날'로 우즈베키스탄에서는 이 날이 다가오면 남자들은 자신의 여자 친구를 위해 선물을 준비한다. 선물로는 주로 꽃, 화장품, 향수가 주를 이룬다. 우즈벡 여성들은 자신의 생일 다음으로 '여성의 날'을 기다린다고 한다.

또한 추모의 날(5월 9일)은 대조국 전쟁'이라 부르는 세계 2차대전에서 독일군의 항복을 받아낸 날이다. 전쟁에서 조국을 위해 희생된 전사자들을 추모하는 날로서 소련시대에는 승전기념일로 불렸다.

그리고 독립기념일(9월 1일)은 1991년 9월 1일 소련에서 독립하여 우즈베키스탄공화국이 탄생된 날이며, 제헌절(12월 8일)은 1991년 9월 1일 독립 후 동년 12월 8일에 최초의 우즈베키스탄 헌법을 제정하여 이를 기념한다.

우즈베키스탄공화국 안디잔 달와르진에 거주하는 키르기스스탄 오쉬 출신의 '에르가세브 아브두카허르' 일명 '다라(Dada)카허르 존' 어르신은 이날 살이 제법 붙은 검은 숫양을 잡았다.

그런데 양고기를 제사용 고기를 일부 남기고는 잡은 양고기 1kg을 저울에 달아 골고루 이웃에 돌리는 나눔의 미덕을 보았다. 그래서 말씀을 드렸다.

"어르신, 이렇게 다 돌리면 정작 가족들 먹을 고기가 없잖아요?"

"김 교수님 우리집은 매년 양과 소를 잡아 이웃과 나누어 먹어요. 나눔과 배려는 바로 우리 우즈벡 민족의 미덕이지요. 한국은 어떤가요?"

"……우리 한국은, 음……? 과연 언제 이런 일이 있었던가?"

세계경제협력개발기구(OECD, Organization for Economic Cooperation and Development)에서 10대 경제대국을 자랑하는 대한민국. 이제 사라져가는 전통 미풍양속의 가슴 따스한 휴머니즘(Humanism)을 이역만리 중앙아시아 우즈베키스탄에서 감명깊게 보았다.

중앙아시아 문화는 우리 민족 문화의 뿌리와 깊게 연관되어 있는 곳이다.

우리나라 고대사 혹은 선사시대의 역사와 분리해서 생각할 수 없을 정도로 밀접한 관계가 있다. 우리나라 문화와 전통 가운데 중국적인 요소들을 제거하고 순수하게 우리의 것이라고 할 수 있는 것이 있다면 그것은 곧 그 뿌리와 맥락이 중앙아시아의 문화와 같이하고 있다고 전해진다.

오랫동안 우즈베키스탄 민족 고유의 풍습, 의례, 전통을 보존하며 가슴 따뜻하게 살아가는 우즈베키스탄 민족의 정직하고 진솔한 휴머니즘을 지켜본필자의 이번 방문의 감동은 오랫동안 가슴에 자리하리라!

**□나가는 시**

내가 세상에 무슨 짓을 한거야
당신은 나의 밝은 세상입니다

나는 왕이다,
나는 술탄이다

당신은 솔로몬의 왕좌입니다
나는 외로워, 나 하나뿐이야

사랑해요
당신은 내 위대한 사람 중 하나입니다

당신은 위대하다, 나의 조국…
당신은 내 행복한 날에 꽃을 피운 사람,

내 천연두에게,

당신은 슬픈 날에 나를 위로했습니다


내 얼굴에 당신의 얼굴

내 여동생


엄마가 말했다

내 룸메이트 말하는거야?


당신의 사랑은 태양보다 낫다

당신은 내 심장, 내 조국입니다

— 우즈베키스탄 안디잔 시인 무함마드우스프(Muhammadyusuf)의

　「내 나라 일부」 중에서


**Vatanim**


Men dunyoni nima qildim,

O'zing yorug' jahonim


O'zim xoqon,

O'zim sulton

Sen taxti Sulaymonim

Yolg'izim, Yagonam deymi,
Topingan koshonam deymi,

O'zing mening ulug'lardan
Ulug'imsan, Vatanim···

Shodon kunim gul otgan sen,
Chechak otgan izimga,
Nolon kunim yupatgan sen,

Yuzing bosib yuzimga
Singlim deymi,
Onam deymi,

Hamdard-u hamxonam deymi,
Oftobdan ham o'zing mehri
Ilig'imsan, Vatanim
— Uzbekistan Andijan Muhammadyusuf「Vatanim」Qismi

우즈벡아 간다.
그러나 한국어 국위선양 위해 다시 오리라!


우즈베키스탄을 방문하여 안디잔대학과 시내 학원가 한국어 수요조사와 지역문화탐방을 마쳤다. 이제 김한글 교수의 우즈베키스탄을 방문한 두 번 째 이유를 알아볼 차례이다.

지난 2019년~2020년까지 체류한 아프리카 탄자니아에서 한국인 남자 '미스터 장'을 만나 후추 소녀가 낳은 코토토(Kore Mtoto) 소식을 전해주어야 하기 때문이다.

김 교수는 우즈베키스탄 입국 전 미리 파악한 안디잔지역 공사장 감리단에 있을 장 단장 핸드폰으로 전화를 했다.

"안녕하세요? 장 단장님이세요?"

"네 그렇습니다만, 누구시지요?"

김 교수는 차분하게 말했다.

"네 저는 해외에서 체류하는 한국어학과 김한글 교수라고 합니다. 제가 지난 2019년~2020년까지 체류한 아프리카 탄자니아에 있을 때 만난 흑인 소녀가 있는데 그 소녀가 장 단장님 아이 코토토(Kore Mtoto) 낳았어요?"

순간 핸드폰 수화기에 큰소리와 함께 욕지거리가 나와 김 교수는 깜짝 놀랐다.

"······뭐예욧? 당신 뭐하는 사람이야? 이렇게 허위사실로 공갈 협박하여 돈 뜯어내는 국제사기꾼이지?"

"뭐, 뭐라고요?"

"야, 임마. 우즈베키스탄 안디잔 술집에 가면 다리가 쭉 쭉 빠진 금발의 러시아 여성이 이쁘지! 술값 떨어져 돈이 필요하냐? 같은 한국인이니까 돈 필요하면 몇 푼 줄께."

"뭐 예요. 장, 장 단장님 지금 막 말 하시는 겁니까?"

"나는 노가다로 전 세계를 돌아다니지만 흑인 같이 냄새나고 더러운 애들은 쳐다도 안 봐. 알간? 모르간? 전화 끊어."

"뚜우우우— 뚜우우우—"

"허허 참내······뭐예욧?"

입에 담지못할 욕, 육두문자의 거친 말과 함께 끊긴 전화기를 바라보며 맑게 개인 우즈베키스탄 안디잔 하늘을 처다보며 한숨을 내쉬었다.

"나아쁜 사람 같으니라고······! 나아쁜 사람 같으니 쯧쯧 쯧······!"

오염안된 청정국가 푸르런 아프리카 탄자니아 하늘 아래서 만난 한국인 남자 '미스터 장(張)'과 사이에서 '후추 소녀'가 낳은 '코토토(Kore Mtoto)소식'을 전해주기 위하여 노력했던 김 교수는 허탈해하며 한숨을 내쉬었다. 김 교수는 많은 세월 해외로 다니며 오늘처럼 같은 한국인임을 후회한 적이 없었다.

그러면서 착하고 성실한 아프리카 탄자니아 후추 소녀와 후추 고양이의 모습이 떠올랐다. 허탈해하는 김 교수의 맘을 아는지 저 만치 우즈베키스탄 안디잔 하늘에 흰 구름이 모락모락 피워오르 며 높이 높이 난다.

한편, 김 교수는 비영리국가봉사자립형문화나눔 민간단체 한국 문화해외교류협회 제11회 해외교류 행사를 위하여 지난 6월 한 국을 출발하여 중앙아시아 우즈베키스탄에 왔다. 한 달 가깝게 현 지 답사와 관계자를 만나 제11회 해외문화교류행사를 위한 자세 한 일정을 협의하였다.

대략 일정은 한국방문단의 대학강의 참여, 문화공연, 문화탐방, 양로원방문, 장학금지급, 자매결연, 전통요리 '어쉬 팔로브(Osh Palov, 볶음밥)' '논(Non, 빵)' '샤슬릭(Shashlik, 양꼬치)' 현지음식체 험, 홈스테이 등이다.

지난 2022년 6월∼7월 우즈베키스탄에서 한 달여 가까운 기간 동안 친절한 안내와 맛있는 음식을 제공하여 주신 안디잔시 달와 르진 삭선메트로 '카허르존' 어르신과 가족들에게 감사를 드립니 다.

특히, 옆에서 친절하게 통역을 하며 챙겨주신 우즈베키스탄지 회 한국어 문학박사과정 '자리파 운영위원'에게 고맙다는 인사를 드립니다.

그리고 한국에서 '한국어 문학박사 김한글 교수'가 왔다고 너 도 너도 한국어를 배우겠다며 친절하게 찾아와 대화를 많이 나눈 현지 주민들에게 감사를 드립니다.

떠나오는 전 날 석별의 밤. 가족과 이웃 주민들 20여 명이 몰려와 고급 전통의상과 티셔츠, 우즈베키스탄을 상징하는 기념품과 은반지, 기념컵, 논(Non)빵을 등을 고루 선물하여 주신 현지 우즈벡인들과 안디잔대학 홍보담당자는 자신이 아끼는 스케치한 사진을 액자에 담아 선물하였다.

또한 고맙게도 돌아가면서 고급스런 가든식 식당에 초대하여 맛깔나는 우즈벡 현지 음식 '어쉬 팔로브'와 '논' '샤슬릭' 등을 제공하기도 했다. 너무나 가슴 따뜻한 감동의 휴머니즘(Humanism)을 생각하면 가슴이 설레인다.

당초, 예정대로 우즈베키스탄에 9월부터 학기부터 한국어를 강의할 예정이다.


"뜻이 있으면 길이 열리는 법'이지요. 따라서 조금만 기다리세요. 곧 한국어를 배우고 싶어하는 학생과 주민들을 만나러 한국어 문학박사 김우영 교수가 갈 겁니다. 우즈베키스탄 여러분 반가워요. 사랑합니다. 그립고 보고 싶어요."


지난 2022년 7월 13일(수) 중앙아시아 우즈베키스탄 타슈켄트 국제공항을 떠나며 이렇게 외쳤다.


"우즈벡아 나는 간다. 그러나 한국어 국위선양 위해 다시 오리라!"

"Bir daqiqa kuting(비어 다키카 쿠팅, 조금만 기다려요)!"

"Ko' rishguncha(코리시쿤자, 다음에 만나요)!"

"Rahmat(라흐마트, 감사합니다)!"

"Salom(사로몬, 안녕)!"

# 아프리카 탄자니아에서
# 중앙아시아 우즈벡까지

1쇄 발행일 | 2023년 9월 15일

지은이 | 김우영
펴낸이 | 정화숙
펴낸곳 | 개미

출판등록 | 제313-2001-61호 1992. 2. 18
주소 | (04175) 서울시 마포구 마포대로 12, B-103호(마포동, 한신빌딩)
전화 | (02)704-2546
팩스 | (02)714-2365
E-mail | lily12140@hanmail.net

ⓒ 김우영, 2023
ISBN 979-11-90168-69-4 03810

값 15,000원